DREAMBOOKS★

정령사 헌터 성공기

양인산 현대판타지 장편소설

MODERN FANTASY STORY & ADVENTURE

dream
books
드림북스

정령사 헌터 성공기 7

초판 1쇄 인쇄 2016년 1월 12일
초판 1쇄 발행 2016년 1월 22일

지은이 양인산
발행인 오영배
책임편집 편집부
표지 · 본문 디자인 권지연
일러스트 신상원
제작 조하늬

펴낸곳 (주)삼양출판사 · 드림북스
주소 서울시 강북구 도봉로 173
대표 전화 02-980-2112 **팩스** 02-983-0660
출판등록 1999년 3월 11일 제9-00046호

ISBN 979-11-313-0433-4 (04810) / 979-11-313-0339-9 (세트)

드림북스는 (주)삼양출판사의 판타지 · 무협 문학 브랜드입니다.

정령사 헌터 성공기

7

양인산

현대판타지 장편소설

MODERN FANTASY STORY & ADVENTURE

dream books
드림북스

정령사
헌터 성공기

목차

Chapter 01
포이즌 킬러 엔트 굴

"후아암~"

재현이 기지개를 켜며 침대에서 일어났다.

눈을 뜨니 베이지 색으로 도배한 천장이 눈에 띄었다.

두 달간 지냈던 숙소나 던전의 막사가 아닌 자신의 집이다. 두 달 만에 맞는 집에서의 아침. 어쩐지 낯선 기분이지만 나쁘지 않다고 생각했다.

새근새근—

재현은 숨소리에 조용히 옆을 바라보았다. 그의 옆에는 윤정이 나신으로 이불을 덮은 채 잠들어 있었다.

어제 집에 돌아오자마자 윤정과 뜨거운 밤을 지새웠다.

주위를 둘러보니 얼마나 격렬했는지, 방이 어지럽혀져 있는 걸로 충분히 짐작하고도 남았다.

두 달 만에 윤정과 나눈 뜨거운 사랑이니 그만큼 격렬했던 것 같다.

문득 시계를 바라보니 벌써 오후 1시를 가리키고 있었다.

이미 해가 중천에 떴는데도 윤정은 여전히 곤히 잠들어 있다.

오랜만에 같이 맞이하는 아침이라서 그런지 그녀가 더욱 예뻐 보였다.

재현은 그녀의 흘러내린 머리를 올려 준 후, 자리를 털고 일어났다.

그는 냉장고에서 물을 꺼내 마시고 밖을 바라보았다. 밖에서는 눈이 펑펑 쏟아지고 있었다.

어젯밤 구름이 좀 낀 것 같더니 결국 눈으로 이어진 모양이다.

창밖으로 도로를 바라보니 교통 체증을 앓고 있었다. 그간 바쁘게 사냥을 했으니 며칠 집에서 쉬는 것도 나쁘지 않다는 생각이 들었다.

"어제까지 아프리카에 있었다는 게 아직도 실감이 안 나네."

겨울이어도 일교차가 심할 뿐, 낮에는 더위를 자랑하는 아프리카와 다르게 사계절이 매우 뚜렷한 한국.

눈이 내리는 걸 보면 확실히 한국에 돌아오긴 했다. 눈도 오고, 얼마 전까지 열심히 몬스터를 사냥한다고 바빴으니 당분간 쉴 요량이었다.

사냥을 나서도 단순히 몸을 푸는 정도로 가는 정도일 것이다.

"우웅~ 오빠, 언제 일어났어?"

윤정이 아직도 피곤한 듯 눈가를 비비며 거실로 나왔다. 옷까지 주섬주섬 입은 채 나온 윤정.

재현은 고개를 돌려 그녀를 바라보았다.

"나도 일어난 지 얼마 안 됐어."

"그래?"

헤헤 웃으며 다가오는 그녀.

처음과 달리 윤정은 꽤 애교가 넘치는 모습으로 다가왔다.

술을 마시며 적극적인 것보다 여성이고 싶다고 말한 이후로 천천히 변화하더니 지금은 애교가 몸에 배었다.

재현은 사랑스럽게 그녀를 안고 머리를 쓰다듬었다.

처음에 비하면 많이 달라져 어색할 법도 한데, 이런 모습도 나쁘지 않았다.

"배고픈데 뭐 먹을래?"

"오빠는 뭐 먹고 싶은데?"

"내가 해 주고 싶어서 묻는 거야."

오랜만에 요리 실력을 뽐내서 그녀에게 무언가를 해 줄 생각인 재현이다. 윤정은 뭐가 좋을지 생각하더니 곧 빙그레 웃었다.

"오빠가 해 주는 건 뭐든지."

*　　　*　　　*

일주일간의 휴식을 취하고, 재현은 오랜만에 사냥을 나서기로 했다.

준비를 단단히 하고, 밖을 나섰다.

도로의 빙판이 남아 있긴 하지만 무리 없이 운전할 수 있었다.

몬스터 출몰 지역까지 온 재현은 정령들을 소환해냈다.

메타이온이 걷기 싫다는 듯 보이긴 했지만 저 덩치로 어떻게 할 수 없었다.

괜히 미안해지긴 했지만 걷는 방법 외에는 없었다. 예전처럼 편히 재현의 머리 위에 앉아 갈 수 없었다.

"확실히 평지가 조금 더 편한 것 같네."

아프리카와 같은 평지였으면 멀리서도 몬스터를 찾아내는 게 어렵지 않았을 것이다.

하지만 국토의 대부분이 산지인 대한민국 땅에서는 어쩔 수 없이 산을 오를 수밖에 없었다.

한동안 산을 오르니 어느덧 그의 눈앞에 거대한 동굴 같은 것이 나타났다.

던전은 아니고, 앞에 푯말이 있었다.

[제1 포이즌 킬러 엔트의 굴]

킬러 엔트와 비슷한 거대 개미 몬스터인 포이즌 킬러 엔트. 이빨에 독성을 가지고 있으며 힘 또한 센 몬스터이다.

이번에 그는 대담하게 녀석들의 굴에 들어가 사냥을 시작하기로 했다.

노임이 이 굴의 면적은 상당한데 무너질 일이 없다고 하니 안심하고 들어간 것이다.

미로처럼 얽히고설켜 있는 굴.

처음 들어오는 사람들이라면 금방 길을 잃고 헤맬 곳이다.

다행히 노임이 이 굴의 구조를 전부 파악했기 때문에 길을 잃을 염려는 없었다.

정령력이 많이 든다고 해도 상황이 여의치 않으면 노임이 새로운 땅굴을 만들어 탈출하면 그만이었다.

그렇게 한참을 들어가는데 곧 노임이 정지 신호를 보냈다.

재현은 야간 감시경으로 정면을 주시했다.

몬스터가 분주하게 움직이는 것이 보였다.

사냥감을 옮기는 듯 거대한 이빨로 뭔가를 옮기는 것 같았다.

그는 레이저를 쏴 녀석들의 정보를 확인했다.

이름: 포이즌 킬러 엔트

종류: 개미과

등급: C+

—평균적으로 인간보다 큰 체구를 가지고 있으며 강력한 힘은 거대한 바위조차 쉽게 움직이게 만든다. 군집 생활을 하며 빠르게 땅을 파 생활 공간을 만들어 낸다. 녀석의 턱에 독주머니가 있으며 강력한 마비독은 코끼리조차 몇 초 안에 쓰러뜨릴 수 있다. 먹이가 없으면 때로는 동족을 잡아먹기도 한다. 녀석들은 더듬이가 균형 기관임과 동시에 피아를 구분할 수 있게 해 주는 매개체이다. (Tip. 뇌(雷), 화(火) 속성에 취약하다.)

덩치는 킬러 엔트보다 1.5배 정도 더 커 보였다.

그것만으로도 충분히 위협적으로 느껴진다.

사람의 덩치만 한 것이 킬러 엔트다.

거기에 더 크면 멧돼지랑 버금가는 덩치라는 얘기다.

"녀석의 이빨에 스치기만 해도 골로 가겠는걸?"

오크 로드와 결전을 치를 때 티타늄 로브가 파괴되어 지금 입고 있지 않았다.

일단 수리 중이긴 한데 조금 더 강한 방어구를 만들기 위해 재료를 모으는 중이다.

아이언 와일드 보어의 가죽 대신 그가 원정 때 잡은 오크들 중 가죽을 조금 공수해 왔고, 방어구를 만들 금속은 아직 도착하지 않았다.

허나 이번에는 재료를 하나 더 추가하기로 했다. 바로 포이즌 킬러 엔트의 비늘이다.

녀석들의 비늘에 티타늄과 합쳐 합금을 만들 생각이다.

녀석들의 비늘이 단단해 무기로도 쓰이거나 방어구로 만들어지고 있으니 합금을 만드는 것도 어렵지 않은 일이다.

메타이온은 처음 보는 금속이라고 해도 금방 파악할 수 있다.

괜히 금속의 정령이 아니다.

메타이온이라도 만드는 것에 몇 시간이 걸리겠지만 하루 안으로 자신이 원하는 방어구를 만들어 낼 수 있다.

처음 만드는 게 마음에 들지 않더라도 계속 보강하다 보면 괜찮아질 것이다.

여러 차례 보강해 보는 것도 나쁘지 않다고 생각했다.

보라색 빛을 띠는 눈.

시각은 좋지 않은 듯, 거리도 얼마 벌어져 있지 않은데 이쪽에서 오고 있다는 걸 감지하지 못하고 있었다.

"키기긱?"

일부러 기척을 내자 그제야 반응을 하는 녀석.

먹이를 옮기던 녀석이 더듬더듬 이쪽을 향해 오고 있다.

아직 침입자가 왔다는 것을 모르는 것 같다.

더듬이로 피아를 구분하는 개미 특성상 직접 만져보고 재현을 감지해야 했다.

청각은 있는 모양인지 소리를 듣고 이쪽으로 다가온다.

"아예 죽으러 오네."

덕분에 편하다. 아직 자신이 적이라는 걸 인식하지 못했으니 제압하는 것은 충분했다.

재현은 손가락으로 녀석의 더듬이를 가리켰다.

"썬다이넨, 라이트닝."

썬다이넨의 손에서 한줄기의 전류가 녀석의 더듬이에 적중했다.

갑작스럽게 더듬이를 공격당한 녀석이 소리를 지르며 고

통스러워한다.

방향 감각을 상실한 듯, 이리저리 뛰어다니다가 벽에 부딪치거나 쓰러졌다.

"메타이온, 사철 포박."

중급 정령으로 넘어오면서 새롭게 사용할 수 있게 된 기술 중 하나인 사철 포박.

사철들이 옹기종기 모여 녀석의 사지를 완벽하게 포박했다.

강력하게 옥죄는 사철들 때문에 녀석이 움직이지 못했다.

재현은 녀석에게 다가가 일단 칼로 녀석의 더듬이 한쪽을 제거했다.

턱까지 막아 놓은 덕분에 녀석이 시끄럽게 소리 지를 일은 생기지 않았다.

몸이 꿈틀꿈틀 움직이는 걸 보니 고통스러움에 발버둥 치는 것으로 추정할 뿐이다.

그렇게 재현은 나머지 더듬이까지 잘라 낸 후, 더듬이 부분의 비늘이 약하다는 걸 알아내고서 해체했다.

정령력을 사용해서 잘라 낼 생각이었지만 녀석의 더듬이 부분의 비늘이 얼마나 연약한지 일반적인 칼로도 쉽게 비늘을 벗길 수 있었다.

손쉽게 자를 수 있는 덕분에 어렵지 않게 해체하고 녀석의 비늘과 수정체, 독주머니를 채집해 가방에 고스란히 담았다.

필요한 것들만 우선적으로 채집하고 더 깊숙이 들어갈 생각이었다.

굴을 보아 다른 사람의 발자국이 보이지 않는 걸 보고 헌터들이 자주 오는 곳도 아니라고 판단했다. 지금은 놔두고 가도 괜찮을 것 같았다.

차로 돌아가는 길에 옮겨도 크게 상관은 없을 것 같다.

"어디선가 냄새가 나는데?"

퀴퀴한 냄새가 코를 자극하고 있었다.

냄새를 추적해 근원을 찾아보니 녀석의 엉덩이 부분에 있는 대지에서 냄새가 나고 있었다.

이 녀석들의 신호 체계는 모르지만, 개미들은 호르몬으로 신호를 보낸다고 했다.

아마 이건 녀석이 동료들에게 전하는 위험 신호일 것이다.

"노임, 땅을 파서 녀석의 호르몬이 안 퍼지게 덮어 줘."

"알겠어요."

다른 녀석들이 몰려오면 귀찮아질 뿐이다.

노임은 그가 말하는 대로 땅을 파 녀석의 냄새가 퍼지지 않게 뒤덮었다.

혹시나 하는 마음에 물을 뿌려 확실하게 냄새를 지웠다.

한 마리를 사냥하고, 녀석이 끌고 가던 몬스터를 확인했다.

녀석이 끌고 가던 몬스터는 아이언 와일드 보어였다.

이렇게 무거운 몬스터를 끌고 가다니.

랜턴을 켜 주위를 확인하니 녀석을 끌고 온 자국이 선명히 보였다.

독으로만 제압한 듯, 녀석은 비교적 깨끗한 상태로 죽어 있었다.

재현은 잘 됐다 싶어 일단 녀석의 연한 살을 칼로 찔러 배를 갈라 수정체를 꺼냈다.

가죽은 돌아가는 길에 가지고 가자 생각하며 한쪽에 파묻었다.

홀로 그렇게 전진하니 몇 마리가 꾸물꾸물 이쪽으로 다가오고 있는 것이 보였다.

입에 바위를 물고 옮기고 있었다.

집을 넓히려고 밖에다 버리려고 이동 중인 것 같았다.

"운다인, 땅을 물에 적셔."

운다인이 수분을 모아 땅을 적셨다.

녀석들은 아무것도 모른 채 젖은 땅에 발을 디뎠다.

갑자기 땅이 젖어 있어 녀석들도 의아했는지 바위를 내려놓았다.

그러나 이미 전투 준비를 마친 재현은 녀석들이 젖은 땅에 발을 딛기 무섭게 선제 공격을 가했다.

"썬다이넨, 라이트닝 스톰!"

전류가 녀석들 가운데에서 터지며 여러 줄기의 전류가 사방으로 퍼져 나갔다.

갑작스러운 공격에 녀석들이 맥을 추지 못했다.

녀석들의 몸이 경련하듯 덜덜 떨렸다.

라이트닝 스톰은 썬다이넨의 공격 중 소비되는 정령력 대비 가장 효율적인 공격이다.

생각보다 많은 정령력을 소비하지 않으면서 상대에게는 엄청난 데미지를 줄 수 있다.

라이트닝 볼보다 지속 시간이 길지 않지만 몇 배나 되는 고압 전류가 몇 초 동안 흐르기 때문에 큰 효과를 볼 수 있었다.

안 그래도 녀석들은 전류에 취약한데, 강력한 고압 전류로 인해 맥을 못 추었다.

라이트닝 스톰의 지속 시간이 끝나자 녀석들이 픽 쓰러졌다.

재현은 혹시 모르니 녀석들을 확인 사살하고 더듬이와

수정체를 따로 챙겨 다시 이동한다.

그렇게 이동하니 어느새 거대한 공간과 함께 코를 찌르는 악취가 났다.

녀석들의 식량 창고인 듯, 주위에 몬스터의 뼈가 나뒹굴었다.

인간의 것으로 생각되는 뼈와 옷 조각, 장비들이 간간이 보이는 걸 보면 녀석들에게 희생된 헌터나 민간인도 있는 모양이다.

몬스터에게 희생되는 사람들이야 매년 적잖게 있으니 신기할 것도 없지만 속에서 뭔가 올라오는 기분이다.

피 냄새도 섞여 있고, 시체가 썩는 냄새도 났다. 손수건으로 코를 막았지만 그것도 크게 소용이 없었다.

혹시 살아 있는 인간이 있나 확인해 보았지만, 보이지 않았다. 노임도 확인해 보았지만 살아 있는 자는 없다고 했다.

그는 생존자가 없는 것을 확인하고 재빨리 나와 숨을 들이마셨다.

"시체 썩는 냄새는 몇 번 맡아도 익숙해지지 않네."

재현은 녀석들의 식량 창고는 가지 말자고 생각하며 일단 여기서 탐사를 종료하기로 했다. 배에서 계속 밥 달라고 아우성치고 있었다. 일단 배부터 채워야 할 것 같았다.

점심을 해결하고, 근방에 있던 헌터 거래소에 몬스터를 파는 중 의뢰를 받았다.

포이즌 킬러 엔트 소탕 의뢰이다. 보상이 괜찮아서 다시 포이즌 킬러 엔트의 소굴에 찾아온 재현은 사냥에 돌입했다.

아침에 왔을 때보다 거침없이 전진하며 득달같이 녀석들을 찾아내 사냥했다.

원정으로 상급 헌터 심사에 대한 조건은 충족시켰다 하더라도 일단 안전하게 의뢰를 몇 개 더 채우고 할 생각이었다.

생각보다 사냥이 어렵지 않으니 재현은 적극적으로 녀석들에게 달려들었다.

아침보다 많은 수의 개미들이 재현을 향해 달려왔다.

덩치가 커진 만큼 이동속도는 빠르지 않지만 그래도 무시하지 못했다.

힘도 워낙 좋기 때문에 재현은 세 마리씩 끊어서 싸우고 있었다.

"노임, 어스 월! 메타이온, 아이언 샌드 월!"

노임과 메타이온을 이용해 떼로 몰려오는 녀석들을 일부 잘라 상대했다.

녀석들은 금방 벽을 허물고 달려들었지만, 벽을 허물었을 때는 이미 사냥이 끝난 상황.

계속 그런 식으로 상대하다 보니 어느새 녀석들의 공격 패턴을 외웠다.

녀석들은 무리를 이루며 달려드는데, 호르몬으로 서로에게 신호를 보냈다.

더듬이를 이용해 호르몬을 파악하고 상대하는데, 이런 신호를 전체에게 전달하는 데 꽤 오랜 시간이 걸렸다.

그는 그 틈에 아직 제대로 신호를 받지 못한 녀석들을 집요하게 공격했다.

녀석들을 사냥하는 것은 그렇게 어려운 일이 아니었다.

어느새 열 마리를 잡은 재현.

이 시체를 언제 다 옮기나 생각하며 그는 녀석들이 뿌린 호르몬 냄새를 맡았다.

"이건 또 다른 냄새네."

처음 녀석들을 사냥했을 때 맡은 냄새와 또 다른 냄새.

처음에 맡은 냄새는 약간 비릿하다고 하면 지금 맡은 것은 시큼했다.

그는 문득 한 가지 생각을 했다.

혹시 이를 잘 이용하면 녀석들을 좀 더 수월하게 잡을 수 있지 않을까?

언어가 아닌 호르몬으로 파악해 신호를 하는 녀석들에게 혼선을 주면 우왕좌왕하지 않을까?

재현은 일단 이를 확인해 보기 위해 녀석들의 호르몬이 뿌려진 흙을 유리병에 담았다.

이게 통할지 안 통할지 모르지만 해 보지 않으면 모르는 일이다.

이용할 수 있는 것은 무엇이든 이용한다!

이것은 헌터들의 규칙 중 하나다.

사냥에 도움이 되는 것은 무엇이든 이용하는 것이 헌터다.

재현은 비릿한 냄새가 나는 흙과 시큼한 냄새가 나는 것을 따로 구분해 놓고 더욱 안으로 들어갔다.

식량 창고를 지나, 도착한 곳은 녀석들의 노동 현장이었다.

집을 넓히려고 흙을 파내고 바위를 옮기고 있는 게 눈에 들어왔다.

그가 들어온 통로가 아닌, 다른 곳으로 이동하는 것을 보니 가장 가까운 곳으로 버리러 가는 모양이다.

저번에 마주친 녀석은 좀 멀리 돌아가다가 운이 없게도

재현과 마주친 것 같았다.

재현은 숨을 죽이며 녀석들에게서 최대한 떨어진 후, 비릿한 냄새가 나는 흙을 담은 유리병을 힘껏 던졌다.

쨍그랑!

유리가 산산이 부서지며 주위로 소리가 낮게 울려 퍼졌다.

녀석들의 시선이 깨진 병으로 향하더니 더듬이로 호르몬을 확인했다.

"끼기기기!"

녀석들이 턱을 빠르게 움직이며 괴기한 소리와 함께 경계를 하기 시작했다.

역시 먹히는구나 생각했다.

재현은 하던 작업을 멈추고 잔뜩 경계하며 일사불란하게 움직이는 녀석들.

이번에는 시큼한 냄새의 호르몬이 담긴 유리병을 던졌다.

최대한 녀석들이 밀집되어 있는 공간으로 향한 유리병.

녀석들은 호르몬을 맡기 무섭게 순식간에 도망치기 시작했다.

역시 먹히는구나 생각하며 재현은 속으로 웃었다.

아직 후퇴하라는 호르몬을 파악하지 못한 녀석들의 수는

얼마 되지 않았다.

혼자서 사냥하기에 충분한 숫자.

의뢰에서는 녀석들을 스무 마리를 잡아 오면 된다고 했다.

그 증거로 더듬이 마흔 개를 요구했다.

더듬이가 두 개씩 붙어 있으니 마흔 개를 요구하는 것도 무리는 아니다.

이보다 더 많이 잡아 오거나 녀석들의 여왕을 잡으면 그만큼 보상이 늘어난다.

나쁜 조건이 아니기 때문에 재현은 이를 받아들인 것이다.

최대한 많이 잡거나 여왕을 잡아내거나.

녀석들은 재현에게 약한 존재였다.

전류에 매우 취약하기 때문에 재현은 별로 힘들이지 않고도 소탕할 수 있었다.

처음에는 조심스러웠지만, 지금은 아니다.

중급 정령으로 전부 진화한 것도 충분히 자신감이 생길 만한 일이었다.

깎아내린 절벽.

절벽이라고 해도 미끄럼틀을 타듯 내려가면 충분히 내려갈 수 있겠지만 넘어지기라도 하는 날에는 뼈도 못 추릴 것 같았다.

"노임, 내가 내려갈 수 있게 계단을 만들어 줘."

"네."

노임이 절벽을 다시 깎아 그가 내려가기 편하게 계단을 만들어 주었다.

계단이 만들어지는 것은 순식간이었다.

재현은 계단이 만들어지기 무섭게 녀석들을 향해 달려들었다.

"썬다이넨, 라이트닝 스톰!"

파지지직!

썬다이넨의 라이트닝 스톰이 작렬한다. 어둡고 눅눅한 공기로 가득한 개미굴을 밝히는 전류.

재현은 라이트닝 스톰이 사라질 때쯤 녀석들에게 벌써 파고든 상태였다.

중앙에 있던 녀석은 즉사했지만, 범위에서 조금 벗어난 녀석들은 아직 살아 있었다.

그는 칼을 뽑아 움직이지 못하는 녀석들의 더듬이를 잘라 균형 감각부터 없애 버렸다.

신호 체계도 파악하지 못하고, 균형도 잃으니 녀석이 넘어졌다.

재현은 아직 충격에서 헤어 나오지 못하는 녀석들의 더

듬이를 마저 베어 버렸다.

그렇게 셋을 쓰러뜨린 재현.

아직 살아 있는 녀석들은 다섯 마리다. 방심할 수 없는 숫자.

아무리 뇌 속성에 취약할지라도 C+급 몬스터였다. 회복력 하나는 인정해 줄만 했다.

"끼기긱!"

한 녀석이 위험 신호를 보낸 듯, 비릿한 냄새가 주위로 퍼진다.

재현은 그 근방에 유리병을 던져 후퇴 신호를 보냈다.

처음에는 잔뜩 경계하며 지금 당장이라도 달려들 기세였는데, 위험 신호와 후퇴 신호가 뒤섞이자 갑자기 우왕좌왕하기 시작했다.

신호에 혼선이 생기니 당연하다면 당연한 일이다.

재현은 정령화를 사용해 온몸에 전류를 둘렀다.

희한하게도 자신의 손을 떠나지 않는 한 몸 전체를 고압 전류로 뒤덮어도 그에게는 전혀 충격이 없었다.

이것은 재현이 정령화를 여러 번 하면서 실험해 본 결과였다.

그는 자신의 몸에 두른 전류를 믿고 녀석의 품으로 달려들었다.

가장 앞에 있는 녀석을 향해 달려든 재현.

녀석이 아가리를 벌린다.

강력한 턱으로 그의 몸을 절단하려고 한다.

재현은 재빨리 슬라이딩을 했다.

녀석의 아가리는 허공만 물었다.

재현은 싱긋 미소를 짓고 녀석의 배를 힘껏 안았다.

그의 몸에 뒤덮여 있던 전류가 녀석에게 향한다. 녀석의 몸이 부르르 떨려 왔다.

재현은 녀석이 쓰러지기 전에, 녀석을 단단히 붙잡았던 손을 재빨리 놓고 옆으로 몸을 뒹굴었다.

개미라고 해도 보기와 다르게 무거운 녀석이다. 녀석에게 깔리면 크게 부상을 당할 위험이 컸다.

한 녀석을 제압하고, 남은 네 마리에게도 달려드는 재현.

이번에는 녀석들도 가만히 있지 않고, 한꺼번에 달려들었다.

네 마리가 동시에 달려들자, 재현은 씩 웃으며 숨을 크게 들이마시더니 손을 힘껏 휘둘렀다.

파아앗!

그의 몸에 둘러졌던 전류가 사방으로 퍼져 나갔다.

재현의 주위를 포위하던 녀석들은 전류에 맞고 고통스러워하며 몸을 부들부들 떨었다.

재현은 녀석들에게서 거리를 벌렸다.

아무리 재현이라도 혼자서 네 마리를 상대하기에는 무리인 탓이다.

움직이지 못하면서 한곳에 뭉쳐진 녀석들.

"메타이온, 아이언 아레나(Iron Arena)!"

구구구—

약진이 일어난 것처럼 땅이 흔들리며 사철로 이루어진 벽이 만들어진다.

경기장처럼 주위를 막은 사철의 벽.

원래는 포위된 상태에서 다른 몬스터들이 끼어들지 못하게 하는 기술이지만, 재현은 다르게 사용했다.

한곳에 뭉쳐진 몬스터를 일망타진하기 위해 만든 것.

운다인은 재빨리 강철로 된 벽 내부를 물로 적셨다.

워낙 넓은 공간이라 익사시키지는 못한다.

애초에 그러다간 정령력이 너무 많이 들기 때문에 할 엄두도 내지 못했다.

재현은 나머지 잔 처리는 메타이온에게 맡기기로 했다.

"아이언 트랩."

그 순간, 보이지 않는 강철의 벽 내부에서 녀석들의 괴성이 들려왔다.

한동안 신나게 사냥하다 보니 어느새 녀석들이 어디로 갔는지 보이지 않게 되었다.

생각보다 적게 잡았는데 벌써 보이지 않다니.

분명 방을 넓히고 있던 녀석들의 수보다 적게 잡았다.

여러 갈래로 갈라진 통로가 보일 때마다 노임으로 확인한 덕분에 굳이 들어가 보지 않아도 몬스터가 있는지 없는지, 막다른 길인지 아닌지 확인할 수 있었다.

길을 잃지 않고 쭉 전진하는 재현.

녀석들은 갑자기 차원의 균열이라도 열리기라도 한 듯 감쪽같이 사라졌다.

밖으로 대피하거나, 아니면 좀 더 깊숙이 내려간 것이 아닐까 생각했다.

재현은 일단 틈이 되는 대로 최대한 녀석들을 옮길 수 있을 만큼 잡으면 옮기고, 다시 들어오기를 반복했다.

그렇게 여러 번 왕복하며 천천히 진입하는데, 어느새 개미굴의 끝자락에 도착했다.

랜턴의 불빛에 의존하며 걷기를 몇 시간.

그는 결국 개미굴 끝에 도달할 수 있었다.

재현은 예상치 못한 광경을 볼 수 있었다.

끈적끈적한, 반원형의 물체가 여기저기에 있었다.

재현은 이것들이 뭔지 깊게 생각하지 않아도 알 수 있었다.

"알이로군."

이곳이 녀석들의 산란실인 모양이다. 하지만 이곳에도 개미는 보이지 않았다.

깨고 나온 알이나 미처 부화하지 못한 듯 썩어 버린 알들도 몇몇 보인다.

특별할 것 없어 보이지만, 그래도 이게 팔 수 있는 것인지도 모르니 일단 재현은 개미 알 하나를 가방에 챙겨 넣었다.

당장 부화할 것 같지도 않았기에 할 수 있는 대담한 행동이다.

[재현아. 저기 앞에 뭔가가 움직이고 있어.]

운다인이 그에게 텔레파시를 보냈다. 재현은 운다인이 가리킨 곳을 향해 랜턴을 비추었다.

그가 비춘 곳에는 그가 봤던 개미들과는 차원이 다른 덩치에 날개를 가진 개미와 호위하듯 열 마리 이상의 포이즌 킬러 엔트가 녀석을 지키고 있었다.

녀석의 배에서 그가 가방에 방금 챙겨 넣었던 흰색의 알이 점액으로 범벅이 된 채 나왔다.

재현은 레이저로 녀석의 정보를 확인한다.

    이름: 포이즌 킬러 엔트 퀸

    종류: 개미과

    등급: B-

    -포이즌 킬러 엔트들의 여왕. 날개를 가졌지만 덩치가 워낙 큰 덕분에 날 수 없다. 하지만 날개를 빠르게 움직여 바람을 일으켜 적이 접근해 오는 걸 차단한다. 배란기일 때 온순한 편이지만, 산란기일 때 매우 흉포하다. 위기를 느끼면 알에 액을 뿌려 빠르게 부화시켜 호위를 받을 수도 있다. 단, 빠르게 부화한 개미들은 몇 시간 안으로 죽음을 맞이한다. (Tip. 뇌 속성에 취약하다.)

Chapter 02
솔로 보스 레이드

등에 달린 날개나 막 알을 낳는 모습을 보고 직감하긴 했는데 역시나 포이즌 킬러 엔트의 여왕이었다.

재현은 주먹을 움켜쥐고 녀석을 노려보았다. 녀석의 붉은 눈동자는 정확히 이쪽을 향하고 있었다.

포이즌 킬러 엔트와는 다르게 녀석은 시각도 존재하는 모양이었다.

혹시나 해서 슬쩍 옆으로 이동하니 녀석의 고개가 그림자처럼 재현을 따라 이동했다.

녀석의 등급은 B-.

지금껏 상대해 온 포이즌 킬러 엔트보다 조금 더 강하다.

'시기는 최악이네.'

녀석은 재현이 눈앞에 있음에도, 노려보는 와중에도 꾸준히 알을 낳고 있었다.

가장 흉포한 시기인 배란기인 것이다.

시기가 좀 좋지 않을 때 찾아왔다고 생각했다.

그래도 딱히 꿇리지는 않았다.

흉포한 때인 배란기일 때를 포함해 등급이 정해진 게 B-일 것이다. B급 이상의 몬스터를 두 차례나 잡아 본 재현이다.

두려움이 들지 않았고, 어쩐지 녀석이 그렇게 세 보이지 않았다. 그래도 B급인 데다 보스 몬스터이기 때문에 조심할 생각이다.

무엇이든 조심해서 나쁠 건 없다. B급 몬스터를 자주 잡아 보지 않아 불안하기도 하지만 나쁜 느낌은 아니다.

'게다가 녀석의 비늘이 좀 더 강하겠지?'

아직 갑옷을 만들기 전이다.

포이즌 킬러 엔트보다 여왕이 조금 더 강력한 비늘을 가지고 있을 테니 녀석을 택하기로 했다.

재현의 눈빛이 변했다. 그의 눈빛은 흡사 사냥꾼의 그것과도 같았다.

"까키키킥!"

그의 살기를 느낀 것인지, 찢어지는 듯한 소리를 지르는 여왕.

재현이 인상을 와락 찌푸렸다.

녀석이 재현을 적으로 인식하고 호르몬을 뿌렸다.

비릿한 냄새가 퍼지자, 녀석을 지키고 있던 개미들이 앞에 나서서 방패처럼 지키기 시작했다.

재현은 이를 신기하다는 듯 바라보았다.

개미들이 진형을 짜다니.

지능이 있는 고블린이나 오크가 진형을 짜는 경우를 보긴 했지만 개미가 진형을 짜는 건 난생처음 봤다.

호기심이 들긴 했지만 나중에 따로 조사해 보기로 했다.

턱!

그가 발을 앞으로 내디뎠다.

정령화한 재현의 손에는 전류가 뿜어져 나오고 있었다. 정령들도 전투 준비를 마친 상태였다.

티타늄 로브와 같은 방어구를 걸치고 있었다면 충분히 달려들었을 텐데, 아직 만들지 못한 것이 아쉽다.

갑옷도 없는 상황에서 달려들면 어찌 될지 뻔하다.

편한 옷차림으로 온 상황이다.

커터 칼로 쉽게 잘려지는 옷이 녀석의 이빨에 닿으면 어떻게 될지 안 봐도 비디오다.

샤샤샤샥―!

녀석들이 빠르게 발재간을 놀리며 다가온다.

"메타이온, 아이언 샌드 월! 노임, 어스 월!"

단단한 강철과 흙의 벽이 생겨나며 이동을 제한시켰다.

거대한 공간이지만, 녀석들도 알이 다치지 않게 이동하기 때문에 움직임에도 조심스럽다.

알을 밟고 이동하면 빠르게 옆으로 빠져나올 수 있을 텐데도 말이다.

재현에게는 매우 좋은 상황이었다.

"키기긱!"

가장 빠른 녀석이 재현에게 먼저 달려들었다.

그는 앞으로 가던 발걸음을 멈추지 않았다.

녀석들의 움직임이 하나하나 다 보여 어떻게 움직일 것인지 예측이 되었다.

그는 허리춤에서 검을 꺼내 힘차게 휘둘렀다.

당연한 얘기지만 수정체 가루로 코팅이 되어 있지 않은 검이기 때문에 녀석에게 생채기를 내지 못했다.

그래도 일단 녀석의 공격을 막을 수 있었다.

이빨로 검을 물어 버린 녀석.

턱의 힘을 이용해 이대로 검을 부술 생각인 것 같았다. 허나 그것은 오히려 녀석에게 독이 되는 일이었다.

스파파팟!

재현의 손에서부터 전류가 터져 나왔다.

검에서부터 전류가 시작되어 녀석의 몸이 부르르 떨린다.

그럼에도 검을 놓치지 않고 꽉 물고 있는 녀석.

재현은 손으로 녀석의 더듬이를 잡아 더욱 강렬한 전류를 흘려 보냈다.

"왼쪽!"

운다인이 다급하게 소리쳤다.

재현은 운다인의 목소리가 들리기 무섭게 뒤로 몸을 날렸다.

왼쪽에서 다가오던 녀석이 동료의 머리를 물었다.

녀석의 강력한 턱은 동족의 머리조차 깨부술 정도의 힘을 가지고 있었다.

"운다인, 웨이브 커터!"

물의 칼날이 녀석들에게 파도처럼 몰아쳤다.

단단한 비늘 덕분인지 큰 외상은 입지 않았지만, 녀석들의 몸이 튕겨져 날아갔다.

그런데 하필 녀석들이 날아간 위치가 좋지 못했다.

녀석들이 날아간 곳은 알이 가지런히 모여 있는 곳이었다. 덕분에 알 몇 개가 부서졌다.

"까키키키악!"

이에 여왕이 분노했다. 붉은 시선이 이쪽을 향하며 날갯짓을 시작했다.

제아무리 날개를 움직인다 하여도 날 수는 없겠지만 무거운 몸을 일으키기에는 충분했다.

갑자기 몰아치는 바람과 날개를 찢는 소리가 그에게 작렬했다.

정령들도 그 소리가 괴로운 듯 귀를 막고 있었다.

"더럽게 시끄럽네!"

재현이 정령력을 끌어 올리며 대지를 힘껏 발로 걷어찼다.

그의 발에서 시작된 충격과 함께 무언가가 땅에서 송곳처럼 튀어나오기 시작한다.

외계인, 인간, 우주 괴물의 우주 전쟁을 배경으로 한 게임을 하다가 영감을 얻어 그가 만들어 낸 기술이다.

소일 블레이드(Soil Blade).

그것이 그가 명명한 기술이다.

정확히 녀석에게로 향하는 소일 블레이드.

진로에 있던 포이즌 킬러 엔트 두 마리가 그 공격을 받았다.

포이즌 킬러 엔트 퀸은 갑작스럽게 공격이 다가왔지만 당황한 기색을 보이지 않았다. 오히려 몸으로 부딪쳤다.

"……."

공격은 어느 정도 효과가 있었다. 하지만 그가 생각한 만큼의 외상을 입히지는 못했다.

"B급은 B급이라 이거지?"

애초에 지하에서 사는 녀석이다.

지(地) 속성에 특화된 녀석이니 당연히 큰 데미지는 기대할 수 없었을 것이다.

진로에 있다가 공격을 당한 두 마리의 포이즌 킬러 엔트도 잠깐 움직임이 없었지만 곧 털고 일어났다.

큰 데미지는 줄 수 없었지만 녀석의 날갯짓이 멈췄으니 됐다고 생각했다.

재현은 일단 자신에게 다가오는 포이즌 킬러 엔트를 처리하기로 했다.

유리병을 꺼내 발치에서 깨뜨리며 녀석들에게 혼란을 주었다.

여왕의 호르몬이 유독 강하기 때문인지 냄새가 심했지만 신호에 혼선이 생겨 혼란스러워했다.

어찌해야 할지 갈팡질팡할 때, 재현은 녀석들의 더듬이를 먼저 공략한 후 라이트닝 스톰으로 일망타진했다.

순식간에 열 마리나 되는 녀석들을 처리하고, 재현은 여왕을 노려보았다.

여왕의 날개가 양옆으로 쫙 펼쳐진다.

또 무슨 짓을 하기 전에 재현이 먼저 선공했다.

파지지직!

그의 손에 고압 전류가 머물며 푸른빛의 줄기가 퍼져 나갔다.

그가 휘두른 손에서 전류가 여왕을 향해 파도처럼 몰아쳤다.

여왕의 날개가 푸드덕 움직이더니 가루가 휘날렸다.

녀석에게 날아가던 전류는 궤도가 어긋나며 애꿎은 곳에서 펑펑 터져 나갔다.

"뭐야, 저거."

이런 일은 처음이기에 재현이 의아해하자, 가루에 대해 조사를 마친 메타이온이 설명해 주었다.

"가루의 대부분이 철분으로 되어 있어…… 철분 때문에 궤도가 엇나간 걸 거야……."

"엄청 까다롭네."

녀석의 정보에는 그런 것이 없었기 때문에 재현이 곤란하다는 듯 머리를 긁적였다.

이래서는 제대로 공격을 하지 못할 것이다.

그냥 후퇴하는 게 나을까 생각하고 있을 때였다. 녀석의 입에서 점액이 나오더니 그것을 알에 뿌리기 시작했다.

방금 막 낳은 알에서 하얀색 빛이 일어나더니 곧 미동과 함께 알에서 개미들이 나왔다.

유충의 과정을 뛰어넘고 성체가 된 개미들이 튀어나와 퇴로를 차단했다.

도망치기에는 너무 늦었다.

"그냥 얌전히 보내 줄 생각은 없나 보네."

어차피 생각만 했던 일이다. 그저 고려만 했을 뿐, 진지하게 후퇴하자고 생각하지는 않았다.

"고생을 좀 할 것 같지만, 급성장한 녀석들이라 체구도 작고, 약해 보이네."

무엇보다 녀석들은 급하게 태어난 것이라 오합지졸이 따로 없었다.

당연히 인간보다 강하겠지만 녀석들의 비늘은 보기보다 약해 보였다.

확인해 봐야 알겠지만, 재현이 보기에는 굳이 수정체로 코팅된 검이 아니어도 쉽게 박아 넣을 수 있을 거라는 생각이 들었다.

재현은 오른손에 들고 있던 검을 움켜쥐고 거침없이 녀석들에게 달려들었다.

*　　　*　　　*

급하게 부화해서 불안정한 모습의 개미들은 재현에게 불규칙적인 움직임으로 달려들었다.

체계가 제대로 잡히지 않은 상태에서 무작정 달려드니 오합지졸이 따로 없다.

오직 본능만으로 명령을 알아듣고 달려들 뿐이다.

재현은 검을 휘둘러 다가오는 녀석들의 더듬이를 가장 먼저 노렸다.

막 부화한 상태라서 그런지 비늘은 형편없을 정도로 약했다.

아무런 코팅이 되지 않은 검일 뿐인데 녀석들은 그 검에 추풍낙엽처럼 쓰러졌다.

녀석들의 비늘의 색도 달랐다.

검은색의 몸과 보라색의 눈빛을 가졌던 포이즌 킬러 엔트. 하지만 이 녀석들의 몸은 회색이었으며 눈은 거무튀튀했다.

그렇다고 무시하지는 못했다. 개미는 개미인 모양인지 힘은 어마어마했기 때문이다.

정상적으로 부화하고 자란 성체 개미들보다 전체적으로 약할지라도 그 양은 무시하지 못했다.

이곳에 보존된 알은 많다. 여왕은 이와 중에도 점액을 뿌려 알에서 개미들을 깨우고 있었다.

홉 고블린 부족장처럼 소환하는 것이 아니라 알의 개수에 따라 자신을 지킬 개미들을 만들어 낼 수 있다.

전부 다 잡으려면 꽤 오래 걸릴 것 같았다. 그 전에 재현이 먼저 지칠 것이다.

'그렇다면 알을 먼저 없앤다!'

재현의 눈빛이 달라졌다. 암갈색의 시선을 개미들에게서 알에게로 돌렸다.

"얘들아, 알을 먼저 없애버려!"

자신은 개미들을 상대하고, 정령들은 알을 격파한다.

정령들이 알겠다고 소리친 후, 알을 향해 온갖 기술을 사용했다.

개미 알은 약한 공격임에도 쉽게 부서졌다.

전부 다 부수기에는 정령력을 많이 소비하겠지만 여왕 근처에 있는 것만 파괴시켜도 큰 도움이 될 것이다.

"끼키키기기기!"

정령들이 알을 파괴하자 여왕이 크게 소리 질렀다.

자신의 새끼들을 파괴시키고 있으니 당연한 반응일 것이다.

하지만 아무리 녀석이 소리친다 하더라도 소용없는 일이다.

정령들은 멈추지 않고 계속 알을 파괴시켜 나갔다.

재현도 쉬지 않고 개미들을 상대하고 있었다.

여왕은 재빨리 부화시키려고 했지만 정령들이 훨씬 빨랐다.

몇 마리 부화시키지도 못한 채 알은 파괴되었다.

그의 눈앞에서 부화하여 달려드는 개미의 수도 줄어들었다.

여왕은 방해 공작의 차원에서 바람을 일으키려고 했다.

그 징후를 포착하기 무섭게 노임과 메타이온이 공격하여 원천 봉쇄했다.

날갯짓을 하려는 도중 공격을 당하면 공격이 멈추는 것 같았다.

덕분에 시간이 지나자 알의 대부분은 파괴되었고, 재현은 개미들을 모두 쓰러뜨렸다.

"이 검도 이제 필요 없게 되었네."

마지막 녀석을 공격하고 나서 검이 부러져 버렸다.

헌터 상점에 처음 갔을 때 구입했던 것이라 약간 애착은 있었지만 어차피 중고품이었다.

언젠가 망가질 거라고 생각했다.

험하게 다룬 것치고 이만큼 버틴 거면 오래 버텼다.

나중에 수정체로 코팅한 검을 새로 장만하자고 생각하며 그는 미련 없이 부러진 검을 버렸다.

여왕과 1대1로 마주 보게 되는 상황까지 왔다.

녀석이 흩날리는 가루는 아직도 남아서 떠돌아다니고 있었다.

바람 한 점 통하지 않는 곳이다 보니 가루가 오랫동안 남아 있는 것이다.

어느새 그의 머리에도 눈처럼 하얗게 내려앉아 있었다.

그는 머리를 털어 냈다. 인체에는 무해한 것 같지만 혹시 모르니 나중에 병원에 가서 검사를 받자고 생각했다.

전류를 날려 봤자 당연히 궤도가 어긋날 테니 소용이 없다.

'그렇다면 절대 빗나갈 수 없게 만들어 주지.'

"운다인, 대지를 적셔!"

바로 대지를 적시는 것!

제아무리 철분이 포함된 가루가 공중에 휘날리고 있다 한들, 물을 통해 퍼지는 전류가 빗나갈 일은 없었다.

운다인은 즉시 물을 뿌려 녀석이 있는 곳까지 길을 내듯 대지를 적셨다.

도화선처럼 일자로 적셔진 대지.

노임은 배수로를 만들어 물이 퍼지지 않게 해 주었다.

메타이온은 최대한 대지에 흡수되는 걸 방지하기 위해 사철을 모아 원활히 흐르도록 도와주었다.

덕분에 운다인이 사용한 물은 빠져나가지 않고 남게 되었다.

땅에 흡수된 채 공격하는 것보다 물이 어느 정도 남아 있는 것이 더 잘 통한다는 걸 알고 있는 것이다.

노임과 메타이온의 재치 있는 행동에 재현이 미소를 그려 주고, 재현이 정령화를 한다.

녀석도 그가 무슨 일을 하려는 것인지 깨달았는지 재빨리 날개를 펼쳐 힘찬 날갯짓을 한다.

바람과 함께 흙먼지가 날리며 철분 가득한 가루가 휘날렸다.

갈색의 커튼이 시야를 차단하고, 녀석이 모습을 감췄다.

그래 봤자 소용없다. 아무리 모습을 감춰도 물이 남아 있는 이상 녀석에게 통하게 되어 있다.

재현은 물을 향해 전류를 쏘았다. 전류가 물을 통해 이동한다.

정확히 녀석에게 전류가 닿았을 거라 생각했는데, 아무런 소리도 들려오지 않았다.

전류가 통했으면 비명을 지르는 소리가 들려야 정상인데, 아무런 소리도 들리지 않았다.

뭔가 이상하다는 걸 느낀 재현은 곧장 전류를 거두고 뒤로 물러났다.

산란실 가득 흙먼지가 끼어 시야가 차단된 상황이다.

녀석이 어떻게 행동할지 모르기 때문에 대응할 수 있는 거리를 유지하는 것이다.

산란기이니 분명 움직임이 둔할 테고, 예상 외로 녀석이 빠르게 다가온다 하더라도 거리를 벌리면 대응할 수 있는 시간도 벌 수 있을 테니 말이다.

노임은 재빨리 흙먼지를 거두고 시야를 확보시켰다. 노임이 흙먼지를 걷는 것은 순식간이었다.

흙먼지 너머로 가려졌던 녀석이 보인다. 다만 그의 눈에 들어온 것은 기가 찰만한 장면이었다.

"개미는 개미라 이거지?"

녀석이 벽에 달라붙어 있는 모습을 보고 기가 찬 듯 바라보는 재현.

아무리 덩치가 커졌어도 개미라는 것은 변하지 않는지, 그 육중한 몸으로도 벽에 매미처럼 매달려 있었다.

흙먼지로 시야를 차단하고 그사이에 벽에 매달려 전격을 피한 것이다. 지능이 어느 정도 있긴 한 모양이었다.

녀석은 벽에서 손을 놓고 다시 대지 위에 안착했다.

사뿐히 내려앉은 녀석은 발발발 다가오며 아가리를 벌렸다. 지금 막 산란을 했다고 볼 수 없을 정도로 빠른 몸놀림이다.

그래도 병정개미들보다 느린 것은 사실이었다. 재현은 전류를 이용해 사철을 모아 사철의 채찍을 만들어 냈다.

전류로 인해 전기톱처럼 움직이는 사철. 제아무리 B급 몬스터라도 치명상을 입힐 수 있는 공격이다.

그가 힘차게 채찍을 휘둘렀다. 불규칙적으로 움직이며 정확히 녀석에게 쏟아지는 공격.

이제 녀석도 끝나겠구나 하고 생각했지만, 그건 기우에 불과했다.

녀석은 갑자기 날개를 크게 펼쳤다.

"뭐야?!"

그저 장식용인 줄 알았던 날개. 날지는 못해도 날갯짓을 하니 녀석의 움직임이 빨라졌다.

정확히 녀석에게 향하던 채찍이 빗나갔다.

정확히는 녀석이 빠르게 움직여 피한 것이다.

어느새 바로 코앞까지 다가온 녀석. 재현이 미처 피할 틈이 없었다.

정령들도 미처 반응할 수 없었다.

"큭!"

재현은 전류를 몸에 두르고 녀석에게 맞섰다.

공격을 당한다 하더라도 자기만 당하지 않겠다는 의지다. 녀석의 이빨이 재현의 어깨에 닿았다. 동시에 녀석도 감전됐다.

재현의 옷이 찢어지며 피가 쏟아졌다. 허나 재현만 데미지가 있는 것은 아니었다.

녀석에게도 충격이 아주 없던 것은 아닌지 괴성과 함께 몸을 덜덜 떨었다. 갑작스러운 전류에 놀란 듯, 녀석이 도망치려고 한다.

"메타이온, 아이언 아레나!"

녀석이 도망치지 못하도록 주위에 벽을 둘러친다.

벽을 타고 기어오르는 녀석이지만 메타이온이 친 벽은 철이다. 마찰력이 적은 덕분인지 녀석이 기어 올라가려고 해도 쉽게 올라가지 못했다.

승기를 잡은 재현. 녀석은 이제 오도 가도 못한 채 꼼짝없이 갇히게 되었다.

그는 치료수를 마시고, 상급 포션을 상처에 뿌렸다.

상처가 순식간에 아물기 시작하니 타들어 가는 고통과 함께 따가웠지만 참을 만했다.

이것보다 더한 고통도 받아 봤는데 이 정도로 비명을 지르지는 않았다.

그래도 고통스럽기 때문인지 어금니를 꽉 깨물었다.

포션을 다 쓰자 재현은 남은 유리병을 뒤로 던졌다.

"왜 도망가려고 그래. 방금 전 날 죽이려고 했던 기세는

다 어디로 간 거야?"

그의 손에 지금껏 사용한 전류보다 강한 전류가 맴돌았다.

계속 덤볐으면 그나마 괜찮았을 텐데 고작 약한 전류에 당하고 도망가려 하니 열 받은 것이다.

오크 로드는 온몸에 화상을 입었어도 죽을 때까지 싸웠는데, 이놈은 약간 고통을 느꼈다고 바로 빼려고 하다니.

이런 녀석에게 당황했던 게 황당하면서도 용서가 안 됐다.

"이제 나 진짜로 간다?"

재현이 그 말을 남기고 지금까지는 장난이었다는 듯 진심을 다한 엄청난 전류를 내뿜기 시작했다.

*   *   *

이번 전리품은 개미들의 비늘과 독주머니였다.

녀석들의 독은 사냥에도 많이 쓰이며 호르몬은 향수의 재료로 쓰인다고 한다.

어떻게 그런 비릿하고 시큼한 냄새를 향수로 쓰는지 모르지만 정제해서 향을 입히는 거겠지, 라고 생각했다.

어차피 재현은 향수에 대해서 전혀 모르기 때문에 아무

리 고민해도 그렇구나, 하고 생각할 뿐이다.

재현은 포이즌 킬러 엔트의 비늘을 죄다 팔고, 여왕의 비늘은 자신이 가졌다. 이 비늘은 티타늄 로브를 새로 만들 재료였다.

녀석의 비늘을 벗겨 보니 양이 꽤 되었다.

로브처럼 두르는 것만이 아니라 부품대로 만들어 온몸을 무장하는 것도 가능할 것 같았다.

'다만 전류가 잘 통한다는 단점이 있긴 하지만……'

천둥 번개가 치는 날이나, 전격을 쓰는 몬스터에게는 쥐약일 테니 따로 조치를 취하자고 생각했다.

겉은 포이즌 킬러 엔트 퀸의 비늘과 티타늄 금속의 합금으로 처리하고 내부를 뇌 속성의 내성이 강한 가죽으로 대처하면 괜찮을 거란 생각이 들었다.

집으로 돌아오는 길에 재현은 헌터 거래소에서 무두질이 된 가죽과 티타늄들을 사서 돌아왔다.

"메타이온. 부탁할게."

"알겠어……."

메타이온이 하품을 하며 등을 재현에게 기대 왔다.

머리에 눕지 못하니 조금이라도 편한 자세로 만들려는 속셈이었다.

그 속셈을 파악한 재현이 미소를 지으며 머리를 헝클어

주었다.

"재현아, 우린 이만 돌아갈게."

방어구를 만들기 위해서는 엄청난 양의 정령력이 소비되기 때문에 정령들이 돌아가겠다고 말했다.

재현이 고생했다는 말을 해 주자, 정령들은 밝게 웃으며 다시 정령계로 돌아갔다.

조금이라도 정령력을 아끼기 위해서는 정령들이 정령계로 돌아가는 게 답이었다.

재현은 정화수를 마시며 정령력을 보충했다.

사냥이 끝난 후에도 마시긴 했지만 여왕에게 소비한 정령력이 컸기 때문에 아직 완전히 보충하지 못했다.

정령력의 소비를 최대한 줄이고 장시간 유지하려면 꾸준히 정화수를 마셔야 했다.

"그럼 시작할게…… 가장 먼저 카본나노튜브로 만들어야 하기 때문에 오래 걸릴 거야."

메타이온이 눈을 비비며 집중을 하기 시작했다.

매번 느끼는 거지만 메타이온은 정말 졸린 표정만 아니면 지적인 여성 이미지였다.

귀여우니 상관은 없지만 그래도 이런 지적인 모습을 늘 보이는 것도 괜찮지 않을까 싶었다.

소비되는 정령력 때문에 재현도 최대한 체력을 유지하기

위해 편한 자세로 벽에 기대어 천장을 바라보았다.

'그러고 보니 상급 헌터 심사가 3월에 있다고 했었지?'

그 전에 자격 조건을 갖추었는지 능력을 심사받아야 하겠지만, 부족하면 수련을 하면 될 일이었다.

쭉쭉 빠져나가는 정령력을 뒤로한 채 언제 완성되나 멍하니 천장만 바라보았다.

＊　　　＊　　　＊

그렇게 약 하루 정도의 시간을 투자하자 어느덧 갑옷이 만들어졌다.

티타늄 로브와 비슷하게 생긴 형태. 하지만 약간 추가적인 부분도 만들어졌다.

몸을 보호하는 부분은 물론, 어깨와 팔, 다리까지 완벽하게 방어할 수 있게 된 것이다.

남는 것으로는 이마 보호대를 만들었다.

헌터 상점에서 사 온 가죽은 로브 형식으로 만들었다.

"멋있는데?"

재현이 새로운 로브를 입어 보고 만족스러운 미소를 띠었다. 이번에는 약간 푸른빛이 감돌며 전류에도 대처했다.

전류를 사용하는 재현이다 보니 자신에게 영향을 끼치지

않도록 조치한 것이다. 옆에서 지켜보았던 윤정도 거들었다.

"역시 메타이온이라니까. 미적 센스가 장난이 아니야. 엄청 튼튼해 보여."

"비행기 태워 줘도…… 더 주는 거 없어……."

말은 그렇게 하면서 좋아하고 있다는 것이 느껴졌다.

재현은 피식 웃으며 머리를 쓰다듬어 주었다.

메타이온은 더 해 달라는 듯 등을 더욱 밀착했다. 말은 하지 않아도 은근히 드러내는 것도 묘한 매력이 있었다.

이제야 완성했기 때문에 아직 정령석을 로브에 합치지 않았다.

기본적으로 움직이기 편하고 제한이 없는 것을 선호하는 재현이다.

무게에 민감하기 때문에 가장 먼저 무게를 걱정할 수밖에 없었다.

정령석을 만들어 붙이게 되면 무게는 금방 해결될 것이다.

"무게는 나중에…… 따로 정령석을 만들어서 줄이면 되겠지…… 지금 당장 할까?"

"그 작업은 내일 하자. 메타이온도 힘들 거 아냐."

정령력을 소비하는 건 재현이다.

메타이온은 그저 재현의 정령력을 빌려와 사용하고 있던 것일 뿐.

잠이 많은 메타이온에게 이 작업은 정신적으로는 힘들 것이다. 하지만 메타이온보다 그가 훨씬 더 힘들 수밖에 없었다.

그 증거로 벌써 그의 눈가에는 짙은 그림자가 내려앉아 있었다.

"알겠어…… 그럼 나도 이만 돌아가 볼게……."

"그래, 돌아가서 푹 쉬어. 내일 보자."

재현이 손을 흔들어 주자 메타이온도 손을 흔들며 곧 정령계로 돌아갔다.

장비를 만든 것은 이번이 두 번째인데 역시 뭔가를 만들면 기운이 쭉 빠진다는 생각을 하면서 기절하듯 침대에 누웠다.

윤정에게 미안하지만 오늘은 좀 일찍 자야 할 것 같았다.

Chapter 03
능력 측정

새로운 방어구를 만든 후, 성능이 얼마나 대단한지 확인하기 위해 C급 몬스터에게 가서 실험해 보았다.

결과는 대성공!

메타이온의 말로는 어제 싸운 포이즌 킬러 엔트 퀸보다 조금 더 강해도 충분히 버틸 수 있는 방어구라고 한다.

일단 B급 몬스터에게까지는 통하지만 오크 로드까지는 힘들다.

어느 정도 방어할 수 있을 것이라고 한다. 그래도 이게 어디냐는 생각이 들었다.

최소한 B급 몬스터까지는 무리 없이 공격을 전부 받아

낼 수 있다는 뜻이니까.

가볍게 성능 테스트와 사냥을 한 후, 재현은 집으로 가는 길에 헌터 양성소에 들러 능력치를 평가받았다.

능력치 검정은 한 달에 두어 번 있는 일이기 때문에 시간에 맞춰서 간다면 받을 수 있었다. 양성소에 도착한 재현은 김정우 교관을 만날 수 있었다.

"이거 재현 군의 얼굴을 보기 정말 힘들군."

"하하…… 죄송합니다."

연락도 자주 하지 않고 오는 것도 얼마 없으니 당연히 오랜만에 보았다.

중급 헌터 심사 때 보고 그 이후로 만난 적이 없으니 몇 개월 만에 보는 것이다.

김정우 교관은 재현의 얼굴을 보고 잘 지냈으면 됐다는 듯 어깨를 으쓱였다.

중급 헌터인 데다 이제 상급 헌터 시험을 보려고 왔으니 어련히 잘하겠지 생각한 것이다.

"그나저나 다들 중급 정령이 되었나?"

재현은 정령들을 소환한 상태였다. 운다인이 반갑다는 듯 정우에게 손을 흔들었다.

노임은 여전히 낯선 듯 그의 등 뒤에 숨어서 힐끗 보고 있다.

"날도 추운데 커피 마시겠나?"

"예, 감사히 마시겠습니다."

정우는 자판기에서 커피를 뽑아 그에게 건넸다. 재현은 거절하지 않고 받아 들었다.

김이 모락모락 나는 커피 잔을 잡고 있으니 얼어 있던 손이 녹는 기분이다.

오늘은 영하 10도 가까이 되어 재현이라도 추위를 느낄 만큼 매서운 한파였다.

아직 측정까지 시간이 좀 남았기 때문에 정우와 재현은 근처에 있는 의자를 끌어다 앉았다.

"성장이 매우 빠르군. 자네는 정말 축복받은 사람이야."

"그 정도인가요?"

"중급 헌터가 된 지 반년 정도 지났는데 벌써 상급 헌터 심사를 보려고 하는 정도면 매우 빠른 거지."

정우만 하더라도 생존의 시대 당시 활약한 사람인데도 중급 헌터로 남아 있다.

애초에 한국의 상급 헌터는 500명이 조금 넘는 인원이다.

개인 능력을 주로 따지기 때문에 능력이 미치지 못하면 진급하지 못하는 것이다.

중급 헌터가 되려고 하는 이들은 꽤 되지만 그중에서도

떨어지는 이들도 상당수 되고, 상급 헌터가 되는 것은 말할 것도 없다.

마스터 헌터는 노력으로 된 이들보다 재능으로 좌우되는 경우가 많았다.

"이러다 정말 마스터 헌터까지 되겠군."

"하하, 설마요."

재현은 넉살스럽게 웃으며 손사래를 쳤다.

설악산의 몬스터 준동 사태 때 마스터 헌터의 위용을 눈앞에서 목격한 재현이다.

A+급 몬스터를 잡던 그 모습은 당시 재현에게도 상당히 충격적인 일이다.

B급 몬스터에게도 쩔쩔매고 있는 재현이기 때문에 그들처럼 되려면 평생 가도 못 할 거란 생각이 들었다.

그들의 힘을 따라가려면 아직 한참 모자라다. 그것이 지금 재현의 생각이었다.

"아, 그러고 보니 자네 그 소식 알고 있나?"

"뭘요?"

"유라 양 말이네."

그동안 잊고 있던 유라라는 말에 재현이 고개를 갸웃거렸다. 갑자기 유라에 관한 말을 꺼내자 정우가 진지한 표정을 하고 있었다. 재현은 무슨 일이 생겼구나 생각하며 그를 바라볼 뿐이다.

그의 입에서 나온 말은 조금 충격적인 일이었다.

"헌터를 그만뒀다고 하는군."

"예?!"

헌터를 그만둔다는 것은 좀 의아했기 때문에 호기심 가득한 얼굴로 바라보았다.

설마 그 녀석이 헌터를 관둘 줄은 꿈에도 몰랐다.

사이코키네시스라는 아까운 초능력을 놔두고 그만두다니……

재현이 보았을 때 정말 현란하게 다뤘는데 능력을 썩히는 게 아깝지 않을까란 생각이 들었다.

부잣집 딸내미라 돈 걱정이 없어서 그만둔 건가 싶었지만 의욕 하나는 최고였던 그녀다.

쉽게 포기할 것 같지 않은데, 적성에 안 맞았나 싶기도 하다.

"듣자 하니 오래전부터 능력 상실이 시작될 징후가 있었다고 하는군. 중급 헌터가 되고 사고를 당했는데, 그때부터 능력을 서서히 상실하기 시작했다는군."

능력이 상실하는 경우는 어렵지 않게 찾아볼 수 있다.

사고를 당해 능력을 잃는 경우도 있고, 아무 이유 없이 갑자기 능력을 서서히 잃는 경우도 있다.

이를 통틀어 '능력 상실 증후군'이라고 부른다.

치료법?

있긴 하지만 반드시라고 할 정도로 부작용이 따른다.

수정체 가루로 만든 알약을 복용하는 것이다.

수정체 자체가 에너지 자원. 이를 복용하면 능력을 다시 일깨우는 게 가능하다.

몇 알을 먹는 건 큰 부담이 되지 않지만 장기간 복용하게 되면 몸의 기력까지 서서히 잃을 수 있다.

실험 결과 강제로 능력을 끌어 올리는 것은 일종의 폭주 상태로 만드는 것이기 때문에 몸에 부담을 준다는 것이다.

사람마다 복용하는 횟수가 다르지만 대체로 열 알 이상 복용하지 않는 걸 추천한다고 한다.

"그래서 어떻게 됐어요?"

한때 파티를 이뤄 사냥을 한 덕분인지 동정심이 들었다.

"헌터로서는 끝났지만, 나처럼 교관 일을 하게 되었다는구나. 사이코키네시스 능력이 뛰어난 덕분인지 염동력에 맞는 능력자들을 가르친다고 한다. 지금은 교육을 받는 중이고, 몇 달 안으로 정식 교관으로 교육하는 일을 맡게 되겠지."

헌터로서는 끝났지만, 어찌 되었든 이 직종에서 계속 일할 수 있다는 얘기였다.

어차피 부유한 집안이라 돈 걱정은 안 들겠지만 그녀의 성격상 집에 손을 벌리기 싫어할 것이다.

잠깐 주저앉았지만 그녀가 하는 것을 보니 스스로 일어서고 있었다.

다른 것들은 마음에 들지 않지만 그 점만큼은 인정해 주고 싶다.

그렇게 옛 동료들의 소식을 접하고 커피를 다 마실 때쯤, 안내 방송이 나왔다. 능력 측정이 시작되니 들어오라는 얘기였다.

"자, 이제 이만 일어나지."

재현이 고개를 끄덕이며 자리에서 일어났다.

몇 모금 마시지 못한 커피는 싸늘하게 식어 있었다.

＊　　　　＊　　　　＊

능력을 측정하는 것은 크게 뭔가가 있는 게 아니다.

수습 헌터가 되기 위한 것처럼 능력치를 계산하는 것이 전부다.

중급 헌터에서 상급 헌터로 넘어갈 때는 다시 측정하는데, 바뀐 능력치가 있는지 확인하고 그에 맞게 새로 개발하려는 의도이다.

수치는 능력이 상승하는 것에 따라 다르다고 한다.

정우의 말로는 수습 헌터가 되기 위해 처음 받았을 때, 재현의 능력치는 초급 헌터들과 엇비슷했다고……

그 당시 교관들이 놀랐던 게 이해가 가는 재현이었다.

아직 헌터가 되지 않고 능력도 갓 발현된 자가 높은 수치를 기록했으니 놀랄 만도 했으리라.

순번은 가장 먼저 온 순서대로 진행되었다.

재현이 가장 마지막에 왔기 때문에 마지막 순번이었다.

능력 측정을 받는 사람은 생각보다 많지 않았다.

재현을 포함해 고작 일곱 명 정도. 맨 마지막 순번이라고 해도 10분 내로 끝날 일이었다. 시간적으로 부담이 없었다.

상급 헌터용 측정기이다.

누구라도 신청만 하면 올라가 볼 수 있기 때문에 별로 부담은 없었다.

휴대폰을 만지며 기다리고 있으니 모두 측정을 마치고 재현의 차례가 돌아왔다.

휴대폰을 주머니에 찔러 넣고 인바디와 비슷한 기계 위 발판에 올라섰다. 초록색 모니터에 수치가 환산되기 시작했다.

천천히 모니터에 시선을 향하며 바라보았다.

측정 중이란 문구가 나타나더니 곧 그의 수치가 나타났
다.

〈부적합〉

능력 종류: 소환 계열, 변신 계열

발전성: 753 위력: 650(+?)

유지력: 574 치유력: 195

범위력: 431 순간 위력: 1767(+?)

전에 보던 것과 수치가 많이 다르다는 게 확 느껴졌다.

예전보다 확실히 늘었다는 게 수치로 보일 정도니까.

'변신 계열? 거기다 수치 중 두 개가 더 추가됐네?'

재현이 기억하기에는 소환 계열에 수치가 네 개밖에 없
던 걸로 기억한다.

그런데 지금은 계열이 하나가 더 추가되고 수치 중 두 개
가 늘었다.

이게 뭔가 싶어 정우를 바라보았다.

정우는 의아하다는 듯 수치를 바라보더니 고개를 들었
다.

"잘못 나온 모양이군. 다시 측정해 보지."

가끔 수치가 잘못 나오는 경우도 있으니 재측정을 해 보

는 재현. 하지만 측정 결과는 방금 전과 토씨 하나 틀리지 않고 동일했다.

"이럴 리가 없는데……?"

두 번이나 같은 결과가 나오자 정우는 뭐가 잘못되었나 싶었다.

혹시 능력 측정기가 고장이 났나 싶어 다른 걸 써보았다.

졸지에 세 번이나 측정하게 된 재현. 허나 측정 결과는 동일했다.

이쯤 되면 잘못 나온 게 아니라는 것이었다.

"자네. 변신하는 능력도 있었나? 정령을 부리는 것과 함께 초능력이 있다든지."

초능력이 없기 때문에 재현은 당연히 고개를 저을 수밖에 없었다.

"초능력이 생겼으면 제가 먼저 연락드리지 않았을까요?"

무슨 일이 생길 때나 정우에게 연락을 취하는 재현이다. 정우는 머리를 긁적였다.

"그도 그렇지. 그럼 뭐지? 수치 두 개가 추가된 거는 다른 정령과 계약을 해서 그렇다 치지만 계열이 추가가 되다니. 게다가 위력과 순간 위력 수치에 물음표? 이건 변신 계열 능력자의 전과 후를 나타내는 건데……."

초능력 두 개를 가지고 있는 사람이 있으니 계열 하나가 더 있는 건 이상하지 않다. 하지만 추가된 수치를 봐서도 딱히 초능력이 있는 것 같지 않았다.

혹시 자신도 모르는 초능력이 있는 것이 아닌가란 생각을 하다가 문득 뭔가를 떠올렸다.

정령화.

이것을 변신으로 쳐야 할지 모르지만 대충 짐작 가는 것이 그것밖에 없었다.

"대충 무엇 때문인지는 알 것 같은데. 보여드릴까요?"

아니면 또 고민해 봐야겠지만 아니어도 본전이다.

정우가 고개를 끄덕이자, 재현이 숨을 크게 들이마시고 정령화하였다.

손등과 이마에서 계약의 증표가 나타나며 범위를 늘려 나간다.

정령력이 이 주위를 장악해 나갔다.

"오오?!"

정우가 놀란 듯 이를 바라보았다. 엄청난 정령력. 그의 변화에 놀랄 수밖에 없었다.

오른손에서는 물의 기운이, 왼손에는 번개의 기운이 머물고 있었다.

정령화를 마친 재현.

정우는 입을 다물지 못한 채 멍하니 그를 바라보았다.

난생처음 보는 광경이다.

그러나 곧 침착함을 되찾고 질문했다.

"그런 모습은 처음 보는데. 혹시 중급 정령사라면 다 할 수 있는 건가?"

"아뇨. 저도 처음에 이렇게 되었을 때 정령들도 다 모르고 있더라고요. 정령계의 정령들도 마찬가지 반응이고요."

정령도 모른다는 얘기는 재현이 최초라는 것이다. 정우가 신기한 듯 조목조목 바라보았다.

그의 몸 전신에서 뿜어져 나오는 정령력은 감탄마저 나오게 되었다.

'이건 마치 정령이 된 것 같지 않은가……'

정확히 말하자면 인간과 정령이 합쳐진 모습이 이럴 것 같았다. 정령이면서도 인간인 모습.

오랜 헌터 생활로 인해 키워진 안목이 이를 정확하게 진단한 것이다.

"얼마나 유지할 수 있는 거지?"

"정령력이 떨어질 때까지요."

"혹시 정령들의 기술을 쓸 수 있나?"

"운다인처럼 버프나 치료수, 정화수를 만들지는 못하지만 어지간한 건 가능해요."

재현은 오른손을 들어 수분을 끌어모았다.

건조하지 않게 가습기가 틀어진 방이 순식간에 건조해지는 것과 함께, 재현의 손에 물풍선처럼 물이 모였다.

그리고 왼손에는 전류를 모았다. 그의 손 위에서 물방울과 전류가 맴돌고 있었다. 이를 신기하게 바라보는 정우.

정우는 모든 질문을 쏟아 냈고, 재현은 질문에 답해 주었다.

그가 얘기해 주는 걸 듣고 있자 정우는 정령사를 다시 재평가해야 된다는 생각을 하게 되었다.

'정령과 계약자가 같이 공격할 수 있다는 건 마법사보다 훨씬 우위에 설 수 있다는 말이잖아?'

아직 학계에 보고된 것도 아닌 새로운 사례다.

정령들은 물리 공격이 통하지 않지만 마법 공격에는 매우 취약하다는 게 정설이다.

하지만 계약자가 정령들이 사용하는 힘을 사용해 싸우면 어떻게 되는 걸까?

정령들만 공격하는 게 아니라 계약자까지 싸울 수 있다는 건 일단 마법사들보다 빠르게 공격할 수 있다는 얘기이다.

그렇다고 정령사가 화력이 밀리는 것도 아니다.

오히려 정령은 같은 공격을 해도 마법사보다 강하다고 알려져 있다.

마법 방어력이 취약하기 때문에 공격을 당하지 않는다는 전제하에 강하다는 거지. 종잇장처럼 약한 것이 정령들이다.

그런데 그것을 계약자가 커버해 줄 수 있다면 어떻게 될까?

안 봐도 뻔하다.

헌터계에 큰 파장을 일으킬 수도 있다는 얘기였다.

정령들은 모르지만 재현은 어떻게 사용할 수 있는지 알고 있다.

정령 쪽에서도 엄청난 파장을 일으킬 사건인 셈이다.

'만일 이 사실이 알려진다면 그에게 안 좋은 일이 생길 수도 있겠어.'

최초라는 것은 무슨 일이든 좋은 쪽으로만 볼 수 없었다.

전반적인 일상이 변할 수도 있고, 그를 노리는 사람이 생겨날 수도 있다. 헌터계 쪽에도 어두운 측면의 연구소가 있는데, 주로 블랙 헌터들과 연관된 일이다.

그 연구소에 납치되면 생체 실험을 당할 수도 있다.

설사 그가 능력이 뛰어나 모두 처리한다 하더라도 한국만 아니라 타국의 헌터들이 노릴 수도 있다.

이는 매우 조심스러워야 할 일이다.

"재현 군. 혹시 이 얘기 다른 사람도 알고 있나?"

"아는 사람이 몇 있긴 하지만 입이 무거운 사람들이에요."

"그럼 다행이로군. 이것은 다른 사람들에게 알리지 않는 게 좋겠어. 정령화에 대해서는 함구하도록 해. 알겠지?"

정우가 진지하게 말하는 것을 보고 재현도 무슨 안 좋은 낌새를 느꼈구나 생각했다.

어차피 타인에게 말할 이유도 없지만 정우의 말을 들어서 손해 본 적은 없으니 그는 고개를 끄덕였다.

재현이 함구하겠다고 하자, 정우가 안심하듯 고개를 끄덕였다.

*　　　*　　　*

일단 능력의 수치를 보았을 때 상급 헌터의 조건에는 미달이라고 한다.

정령화로 인한 순간 위력이 있는 덕분에 B급 몬스터를 잡을 수 있겠지만 위험 부담이 크다는 것이다.

중급 헌터부터는 파티를 맺어 사냥하는 경우가 많다.

아무래도 가죽도 두껍고 속성 공격도 저항하는 녀석들이 대다수이니 당연하다면 당연한 일이다.

재현은 다양한 정령들과 계약한 덕분에 어느 정도 상성에 맞게 싸울 수 있었다.

혼자서도 잡을 수 있었지만, 상급 몬스터는 얘기가 달랐다.

정우는 냉정한 평가를 내렸다.

중급 헌터보다 강하지만 상급 헌터가 되기에는 부족하다.

재현도 이에 쉽게 납득했다.

포이즌 킬러 엔트를 잡았을 때 생각보다 어렵게 잡지 않았던가.

보스급 몬스터라서 사냥이 쉽지 않은 것도 있었지만 전체적으로 볼 때 아직까지 B급 몬스터는 무리라는 것이다.

파티를 맺으면 한 사람 몫을 충분히 할 수 있을지도 모르지만 평가는 냉정한 법.

'정령화를 하면 괜찮겠지만 정령화를 못 하는 상황도 올 테니 그 평가는 옳은 거겠지.'

정령화를 하면 재현도 정령들처럼 정령력으로 정령 마법을 사용할 수 있다.

하지만 정령력이 부족해 변신하지 못하는 상황에서 B급 몬스터를 마주치게 된다면 어떻게 될까?

꼼짝없이 당하는 것이다.

그러기 위해서 지금 재현에게 필요한 건 지금 당장 조건에 충족하는 수치로 올리는 것이다.

오랫동안 정령들을 소환해야 하기 때문에 유지력은 당연

히 필수 불가결.

위력은 당연히 높아야 한다. 이래저래 훈련을 거듭해야지만 가능할 것 같았다.

내년 3월에 예정된 상급 헌터 심사까지 가능할지 아직 판단할 수 없다. 어쩔 수 없이 수련을 거듭해야 했다.

'상급 정령사인데도 이 정도이니⋯⋯.'

초능력자와 다르게 '마나'와 연관된 힘을 다루는 이들의 경우에는 깨달음을 얻는 것이 수치를 높일 수 있는 가장 빠른 방법이다.

오랜 경험과 계발로 정신력을 늘리는 초능력자와 달리 정령사나 마법사는 깨달음이 주체가 된다.

아무리 마나 탱크가 크다 할지라도, 재능이 있어도 깨달음이 밑바탕이 되지 않으면 다 소용없는 일인 것이다.

깨달음.

말로는 쉬운데 정작 얻기에는 힘든 것이다. 깨달음을 얻는 것이 좋은 방법이겠지만, 재현은 일단 수련을 하는 것도 고려했다.

심사 전날까지 깨달음을 얻겠다고 주야장천 명상하는 것보다 차라리 수련을 하는 것이 나을 거란 생각이 들었다.

아예 정령력을 쌓지 못하는 것보다 수련을 통해 강해지는 게 가장 확률이 높았다.

이것저것 생각해 보고 무엇이 가장 좋은 방법인지 떠올렸다. 역시 수련이다.

사냥을 하면서 자연 친화력과 정령력을 올릴 수 있는 곳이 어디인가 떠올렸다.

'모든 정령들의 친화력을 올리기 좋은 곳이라면……'

아프리카에서의 수련도 좋지만, 너무 오래 걸린다.

무엇보다 돌아온 지 얼마 되지 않았는데 수련하겠다고 아프리카에 가면 윤정이 뭐라고 할 것 같다. 재현도 그 먼 곳으로 갈 생각이 없었다.

그렇다면 국내에서 수련을 해야 한다는 것인데…… 어디가 좋은지 떠올렸다.

썬다이넨은 자주 기술을 사용해서 올리는 방법밖에 없으니 어디를 가든 상관없다.

그렇다면 운다인, 메타이온, 노임의 친화력을 올릴 수 있는 곳이 좋을 것이다.

'딱 나오네.'

자연을 가득 머금은 곳이 좋을 거라고 생각하자 계곡을 떠올렸다.

물도 있고, 흙도 있고, 잘 찾아보면 동굴도 있다.

재현은 어디로 수련을 떠날지 고민하며 인터넷을 검색했다.

모든 조건에 충족되는 곳. 곧 그가 원하는 조건의 수련장을 찾아낼 수 있었다.

지리산이었다.

*　　　*　　　*

나흘 후, 재현은 수련을 위해 지리산을 찾았다.

전라도와 경상도에 걸쳐 있는 산. 지리산에 도착하니 공기부터 다르다는 생각이 들었다.

추운 겨울날, 등산객 외에는 거의 찾지 않는 곳이다. 인적이 드문데도 몬스터가 출현하지 않는 유일한 국립공원이다.

그래도 설악산 때와 같이 몬스터들이 출몰하지 말란 법은 없다.

최근 이곳에 군인과 경찰, 헌터들을 많이 배치했다고 하는데, 대체적으로 평화로운 분위기였다.

통행료를 내고 지리산으로 들어가 주위를 둘러보자 곳곳에 아직 채 녹지 않은 눈이 있었다.

그렇게 올라가기를 한참. 어느덧 재현도 슬슬 지치기 시작할 때쯤 뒤를 바라보았다.

주위 전경이 한눈에 들어왔다. 고속도로를 타고 이동하

고 있는 차와 도시들. 이곳에서 야경을 봐도 괜찮을 것 같다는 생각이 들었다.

휘이잉~

차디 찬바람이 불어와 그의 머리와 뺨을 어루만지며 지나간다.

만약 정령력이 없었으면 방금 전 바람으로 몸을 덜덜 떨었을 것이다. 비교적 추위를 덜 느끼는 덕분에 이 바람조차 시원하게 느꼈다.

바람이 쓰다듬는 것이 좋아 재현은 한참 그 느낌을 만끽하고, 전경을 구경한 후 다시 산을 올라갔다.

그렇게 올라가기를 몇 시간.

등산로를 벗어나 조금 이동하자 어느새 계곡을 발견했다. 야영할 곳을 찾아 텐트를 쳐 둔 후, 정령들을 소환했다.

"우와, 공기가 맑다."

"정말 좋아!"

운다인과 썬다이넨이 가장 먼저 반응했다.

산속에 들어오니 가장 좋아했다.

노임은 표현하고 있지 않지만 미소가 걸린 것을 보니 좋아하고 있는 모양이다.

메타이온은 말할 것도 없이 텐트 한 자리를 꿰차고 자리에 누워 취침 중이었다.

야영 준비를 했다고 해도 국립공원이라 불을 피우는 것은 힘들다.

그래서 그는 통조림과 전투식량을 따로 구비해 밥걱정은 없었다.

"일주일 정도 이곳에 있을 생각이야."

"윤정이는 괜찮아?"

"당연히 허락을 맡았지. 자기도 오고 싶어 하는 것 같지만 시간이 안 돼서 못 오겠다고 하지만."

수련을 한다고 해도 이런 추운 날 산속에 들어가는 것은 여자 친구가 아니더라도 누구나 걱정할 일이다.

기온이 영하 10도 밑으로 내려가지 않는 이상 추위를 거의 못 느끼지만 윤정은 그래도 걱정이 많았다.

'수습 헌터일 때는 이런 일이 많았는데 말이지.'

그 당시에는 추위에 맞서 싸우기 위해 핫팩을 잔뜩 들고 가거나 모닥불을 피웠다.

그러나 지금은 핫팩은 거의 가지고 오지 않았고, 비교적 짐도 가볍게 가지고 왔다.

수습 헌터일 때와 상반되는 일이다.

올라오고 바로 텐트를 치고 짐까지 정리해 체력을 많이 소진했으니 조금 있다가 수련을 하기로 하고 배부터 채우기로 했다.

참치 통조림 하나를 따고 전투식량을 덥혔다.

내부에 있는 고리를 빼고 뚜껑을 잘 덮으면 알아서 데워지기 때문에 기다리기만 하면 끝이었다.

5분 정도 기다리자 전투식량이 잘 익었다.

그는 바로 식사를 했다.

날씨가 추운 덕분에 통조림이 조금 얼었지만 아주 못 먹을 정도는 아니었다. 온도계를 보니 영하 5도.

확실히 산속에 들어오니 춥긴 추웠다. 게다가 바로 앞에는 계곡까지 있으니 말은 다한 셈이다.

순식간에 한 끼를 해치운 재현은 배를 팡팡 두드렸다.

든든한 한 끼였다.

그는 따로 가지고 온 쓰레기봉투에 쓰레기를 넣었다. 나중에 들고 내려갔다가 따로 버릴 예정이다.

쓰레기를 따로 챙기고 텐트를 여니 그 안에 정령들이 모여 누워 있었다.

정령들의 크기가 작을 때는 작은 걸 썼지만, 이럴 줄 알고 미리 큰 텐트를 사서 왔다.

자신이 생각해도 정말 잘한 일인 것 같았다.

저렇게 누워 있어도 재현이 들어갈 공간이 충분했다.

"너희들 뭐해?"

"메타이온을 따라 하고 있었어. 낮잠이나 자 볼까 하고."

잠이라고 해 봤자 정령들은 잠이란 걸 모른다. 메타이온은 신기하게도 정령들 중에 유일하게 잠을 잘 수 있었다.

그나마 그것도 잠이라고 할 수 없는 게 들을 건 다 들었다. 그냥 눈만 감고 있는 것과 다를 바 없다.

재현이 혼자 살 때 정령들이 재현의 옆에 누워 자고 있었는데 그냥 가만히 눈만 감고 있던 것이다.

정령들은 호기심이 많다고 했던가. 인간의 수면욕조차 호기심을 가지고 따라 하는 경우도 적잖게 있었다.

"메타이온의 경우는 낮잠이라기보다 기절인 것 같지만."

"……기절 아니야……."

"그래, 그래. 잠을 자는 거고 말고."

재현은 후후 웃으며 텐트 안으로 들어와 메타이온의 머리를 쓰다듬었다.

"우으……."

뭔가 항의하고 싶은 표정인데 쓰다듬어 주는 게 기분이 좋았는지 입을 꾹 다물고 있는 게 더 귀여워 보인다.

'딸을 키우면 이런 기분이려나?'

이런 애들을 보니 얼른 결혼해서 자식을 낳아 볼까, 라는 생각도 들었다. 운다인이 재현의 소매를 붙잡고 잡아당겼다.

"재현아, 좀 쉬었다 하자."

"왜?"

"피곤하지 않아?"

"음…… 그런 것 같기도?"

방금 전까지는 몰랐는데 배를 채우고 나니 피로가 몰려오는 것도 같았다.

오랫동안 좋은 위치를 찾겠다고 돌아다녔으니 피로하지 않은 것이 이상한 것이다.

"그럼 나도 쉬었다가 할까?"

재현은 못 이기는 척 녀석들 한가운데에 벌러덩 누웠다.

이때를 기다렸다는 듯 정령들이 재현의 몸에 바짝 밀착한다.

재현은 후후 웃으며 침낭을 덮었다.

확실히 피로했던 모양인지 그는 눈을 감자마자 바로 단잠에 빠져들었다.

* * *

수련이라고 해서 따로 뭔가 있는 게 아니다.

재현의 경우 옷을 벗어 두고 계곡물에 들어가 오랫동안 있든가, 땅을 파서 그 안에 들어간다든가, 계속 기술을 사용하는 일이 전부다.

정령력을 쌓기 위해서는 자연 친화력이 필수적인 일.

간혹 전망이 확 트인 곳에 가서 몇 시간 동안 바람을 쐬는 경우도 허다했다.

물을 마실 때는 반드시 정화수로 수분을 섭취하고, 샤워를 할 때도 운다인의 도움을 반드시 받았다.

번개와 관련해서는 혹시 화재가 발생할지도 모르니 안전한 곳에서 이를 실행했다.

정령력을 늘리는 가장 좋은 방법은 계속 기술을 사용하는 것이지만 기술을 사용하지 않을 때에도 정령력을 조금이라도 늘리기 위해서 그러한 조치를 취하고 있는 것이다.

그렇게 이틀을 반복하니 이제 슬슬 지루해지는 건 어쩔 수 없었다.

수련이란 게 단순 노동처럼 같은 것만 반복하는 것이다.

그나마 정령들과 얘기를 나누지 않았다면 진즉에 포기하고 하산했을 것이다.

"역시 몬스터를 잡는 게 몸이 풀릴 텐데."

아쉬운 마음에 잠깐 지리산을 내려가서 근방에 있는 몬스터 출몰 지역에 가 볼까도 생각해 본 재현. 그러나 하산을 해야 한다는 건 변함이 없다.

정령들도 산속에 들어왔다고 좋아하고 있는데 내려가자고 하면 아쉬워할 것 같았다.

나흘 후에나 집에 가자고 했으니 그간 많이 놀아 두려고 하고 있었다.

재현은 스트레칭으로 간단하게 몸을 풀며 근처 앉기 좋은 바위에 걸터앉았다.

다행이라고 하면 근방에 방송 송신탑이 있는 덕분에 휴대폰의 신호가 아주 잘 잡힌다는 것이다.

전기 하나 없는 산속이기 때문에 충전도 걱정되는 일이지만, 휴대폰은 태양열로 충전하는 충전기를 가지고 온 덕분에 걱정이 없었다.

햇빛이 잘 드는 곳에 세 시간 정도 놔두면 어지간해서 다 충전되었다.

흐린 날이나 햇빛이 이동하기 때문에 시간에 맞춰 자리를 옮겨야 한다는 게 단점이다.

그것만 빼면 충분하다.

완전히 충전된 예비 배터리도 몇 개 소지하고 있기 때문이다.

일주일간의 일기예보에서는 하루 빼고는 전부 맑은 날씨라고 한다. 일기예보대로 날씨가 괜찮다면 일주일 동안 충분히 버틸 수 있을 것이다.

틀린다 하더라도 일주일은 버틸 수 있을 만큼 대비했기 때문에 아껴 쓰면 된다.

"운다인. 정화수."

"여기 있어."

운다인이 즉석에서 정화수를 만들어 재현에게 건네주었다.

그는 텀블러에 담긴 정화수를 마시며 확 트인 전경을 멍하니 바라보았다.

예전에는 뭘 하든 새로운 덕분에 나름의 소소한 재미가 있었는데 지금 하려니 아주 죽을 맛이었다.

뭐든 한 번 익숙해지면 그 재미가 떨어지는 법. 예전에는 어떻게 버텼는지 의아할 정도였다.

정화수를 몇 번에 걸쳐 나눠 마시다 보니 텀블러에 있던 물을 다 마시게 되었다.

그는 기지개를 켜며 자리에 털썩 누웠다.

"상급 헌터는 되어야겠고, 수련은 지루하고……."

스스로도 배가 부르긴 불렀다고 생각하며 어떻게든 자극을 하고 싶었지만 몸이 따라가 주질 않았다.

차차 시간이 지나면 상급 헌터에 적합한 수치가 되지 않을까 생각했다가 그는 고개를 좌우로 저었다.

'마음이 약해져서는 안 되지. 뭐든 발전이 중요한 거야.'

스스로의 계발이 부족해지면 더욱 게을러지기 마련. 재현은 스스로 그런 사람이 되지 않기로 이미 다짐한 바 있다.

더욱 정진해 힘을 키우는 것이야말로 중요한 문제라는 것을 큰일을 겪고 깨닫지 않았던가!

스스로 게을러지지 말자고 생각하며 자리에서 일어나 뺨을 때리는 재현.

다시 마음을 추스르고 잡념을 떨치기 위해 그는 간단한 운동을 시작했다.

잡념이 들 때 떨치기 위해서는 역시 운동이 최고였다.

일단 조금이라도 힘들면 그런 생각은 일절 들지 않기 때문이다.

간단하게 몸이 풀릴 정도로 팔굽혀펴기를 한 후, 다시 털썩 주저앉은 재현.

다시 시작하자고 마음을 다잡았을 때였다.

"재현아. 이상한 소리가 들려."

"응?"

운다인이 그리 말해 왔다.

"이상한 소리라니?"

"귀를 기울여 봐."

그러고 보니 다른 정령들도 귀를 기울이고 있는 것이 보였다.

운다인이 허투루 말하는 경우는 없기 때문에 재현도 귀에 온 신경을 모아 귀를 기울였다.

바람 소리에 묻혀 몰랐지만 귀를 기울이니 정말 이상한 소리가 들려오고 있었다.

"동물의 울음소리네?"

"응. 고통스러워 보여."

토끼나 다람쥐 등 여러 동물이 서식하는 곳이기 때문에 통행로 밖으로 산을 올라가다가 고라니를 봤다는 사람도 여럿 있다.

몬스터 출몰 지역에서 다져진 행동 덕분인지, 재현은 자연스럽게 경계를 취했다.

몬스터 출몰 지역에서는 이러한 소리가 어렵지 않게 들려왔다.

몬스터가 일반 동물들을 잡아먹는 그런 소리와 비슷하다. 가끔 죽이지 않고 산 채로 먹는 녀석도 몇몇 본 적이 있었다.

설마 몬스터는 아니겠지 생각하며 일단 소리가 들리는 쪽을 향해 이동했다. 삵이 작은 동물을 잡아먹고 있는 거겠지 생각하면서.

허나 점차 소리가 가까워질수록 재현은 그 생각이 점차 변화하게 되었다. 멀리서 들었을 때는 몰랐는데, 점차 가까워지니 그 소리가 토끼의 울음소리가 아닌 탓이었다.

노루가 아닐까. 노루를 잡아먹을 수 있을 만큼 강한 동물이 이곳에 있나 싶었다.

　그렇게 소리 죽여 이동하니 어느덧 그는 목적지에 다다를 수 있었다.

Chapter 04
광란의 도시

"……몬스터?"

재현은 혹시 자신이 잘못 본 게 아닌가 싶었다. 한국에서 유일하게 몬스터가 출몰하지 않는 곳이 지리산이다.

국립공원을 그대로 유지하고 있는 것도 몬스터가 출몰하지 않았기 때문. 그런데 그의 눈앞에 보이는 것은 누가 보더라도 몬스터였다.

노루는 이제 생명을 다했는지 혀를 내민 채 피를 흘리며 죽어 있었다.

재현은 녀석을 향해 레이저를 쏘았다.

이름: 커팅 타이거

종류: 고양잇과

등급: C+

─산속 깊은 곳에 서식하는 몬스터이다. 이빨은 금속을 절단시킬 만큼 날카로우며 턱 힘은 악어의 두 배이다. 빠른 기동성과 민첩함은 적의 혼을 쏙 빼놓는다. 낮은 울음소리로 상대에게 저주파를 보내 옴짝달싹 못 하게 만든다. 무리를 지어 행동한다. (Tip. 레몬과 같은 시큼한 냄새를 매우 싫어한다.)

C급 몬스터가 지리산에 있다……?

재현은 놀란 눈으로 녀석을 바라보았다. 정신없이 먹이를 먹고 있던 녀석은 재현의 기척을 느꼈는지 정면을 바라보았다. 입 주위에 피를 진득하게 묻힌 채 노려보는 것이 위협적이지 않을 수 없었다.

"크르릉……."

울음소리는 낮은데 그게 꽤 위협적이다. 오금이 저려 다리가 마음대로 움직여지지 않았다.

'이게 저주파를 보내는 거로군.'

오금이 저린 것은 녀석의 울음소리 때문이다. 무섭다거나 도망쳐야 한다는 생각은 들지 않았다.

이 녀석보다 더 무서운 몬스터를 마주친 적도 있는데 이 정도로 도망치는 것은 말도 안 되는 소리다.

남아프리카 공화국에 갔을 때 줄창 사냥했던 모락크와 같은 등급의 몬스터일 뿐이다. 무엇보다 녀석은 한 마리지 않은가. 무리를 짓는 녀석이라고 하는데 단독 행동을 하는 것은 딱 두 가지 이유가 있다.

무리에서 쫓겨났거나, 먹이를 찾아 올라왔거나.

"지리산 근처에 몬스터 출몰 지역이 있다는 얘기는 들었지만…… 그곳에서 먹이를 찾아 올라온 건가?"

쫓겨났으면 결코 상처 하나 없는 모습으로 돌아다닐 수 없다.

물론 오랜 시간 동안 이곳에서 서식하면서 상처가 다 아물었을 수 있지만, 녀석이 이곳까지 왔다면 벌써 한바탕 난리가 났을 것이다.

등산로와 떨어져 있다 해도 금방 발견할 수 있는 위치다.

몬스터인 이상 인간을 가만두지 않았을 것이고, 벌써 군, 경, 헌터를 투입해 사냥에 나섰을 것이다.

운이 좋아 여태껏 발견되지 않았지만, 여러 정황상 후자가 가장 가능성이 높았다.

녀석이 여전히 낮게 울며 재현을 노려보고 있었다.

재현은 일단 몬스터가 있으니 사냥하는 게 좋겠다고 생

각했다.

이 녀석이 노루만 잡아먹는다는 보장도 없으니까.

무엇보다 이곳에서 조금만 올라가면 등산로가 있었다. 사람들에게 피해를 끼치기 전에 재빨리 사냥하자고 생각했다.

"덕분에 또 내려갔다 올라와야겠네. 고맙다. 운동시켜 줘서."

재현은 정령화를 하여 녀석에게 달려들었다. 갑작스러운 공격에 당황하는 것이 녀석의 마지막 모습이었다.

*   *   *

수원역.

서울에 살고 있는 아영은 수원에 놀러 왔다. 대학교 동기가 수원에 살고 있기 때문에 아영이 내려온 것이다.

홍대나 동대문 시장에서 만나도 되었을 것이다.

서울 근처에서 만났으면 아영은 편했겠지만 혜진이 서울에 자주 올라왔으니 이번에는 아영이 내려오는 게 도리라고 생각했다.

게다가 수원에는 친척이 살고 있기 때문에 만나 보는 것도 나쁘지 않을 거라 생각해 전철을 타고 내려왔다.

역은 백화점과 연결되어 있고, 근처에는 역전 시장이 있다. 그리고 로데오 거리와 역전 시장에는 먹거리 가게들도 즐비했다.

"여기 괜찮다. 근처에는 백화점도 있고, 시장도 형성되어 있고."

아영의 친구 김혜진은 호호 웃었다.

"그렇지? 물론 서울이 놀 만한 곳이 더 많지만 여기도 꽤 괜찮다고 생각해."

친척 집에 가 본 아영이지만 수원역 근처에 와 본 것은 이번이 처음이었다. 주로 동네 근처에서만 놀았기 때문이다.

가끔씩은 이렇게 친구와 함께 번화가에 나와 노는 것도 괜찮을 것 같았다.

그들은 옷이나 힐을 사기 위해 백화점으로 들어갔다.

그녀들의 시선을 사로잡는 예쁜 옷부터 구두, 화장품까지!

없는 게 없다고 생각하며 이리저리 둘러보았다. 아영은 마음에 드는 게 있으면 입어 보고 바로 사 버렸다.

친구들은 돈이 부담스러워 마음대로 사지 못하고 있는 것과 상반된 일이다.

"아영이는 좋겠다."

"뭐가?"

"헌터를 하면서 돈을 벌고 있어서 집에 손도 안 벌리고 대학 등록금도 내고, 마음대로 옷도 살 수 있잖아."

남이 보면 충분히 부러울 만한 일이긴 하지만, 사실을 알면 결코 쉽게 번 돈이 아니라는 걸 알 것이다.

죽음과 항상 직결된 일이기 때문에 항상 긴장을 해야 하는 것이 헌터. 그녀도 헌터를 하면서 죽은 이를 많이 보았다.

그것이 처음에는 그녀의 마음을 약하게 만들었다. 하지만 무엇이든 익숙해지면 괜찮아지는 법.

이제 죽은 이를 봐도 담담하게 받아들이는 경지가 되었다.

타인의 죽음에 익숙해지는 자신을 발견했을 때 자신이 미친 것 아닌가란 생각이 든 적도 있고, 회의감을 느낀 적도 있다.

여러 차례 방황하고, 생각하고.

생각을 정리한 덕분에 마음을 다잡고 다시 헌터에 뛰어들 수 있었지만 그녀는 현실적인 일이 남아 있었다.

대학에 진학한 것 때문이다.

헌터를 하랴, 대학 공부를 하랴. 이래저래 바빴던 아영이다.

헌터로만 살면 대학 공부는 안 해도 됐겠지만, 그녀는 유라를 보고 생각을 달리했다.

능력 상실 증후군.

사고로 인해 찾아올 수도 있고, 어느 날 갑자기 찾아올 수도 있는 병이다.

치료할 수단은 없고, 능력이 갑자기 상실되는 원인도 모른다.

언제까지 자신이 능력자로 살 수 있는지 확신할 수 없다.

유라처럼 사고를 당해 능력을 상실하게 될 수도 있고, 어느 날 갑자기 능력을 점차 잃을 수도 있다.

언제 자신에게 닥칠지 모르는 일이기 때문에, 미래를 대비해 뭔가를 배우고자 하고 있었다.

자신이 얼마나 마음고생을 했는지 친구들이 알 리 없었다.

남에게 하소연을 한 적도 없기 때문에 단편적으로만 바라본 것이다.

내심 씁쓸하긴 하지만 차라리 모르는 게 나을지도 모른다는 생각이 들었다.

배도 채우고, 카페에서 커피도 마셨겠다, 이번에는 노래방을 갈까 생각하며 백화점에 막 나왔을 때였다.

거리를 지나다니던 사람들이 갈 길을 멈추고 한쪽을 바라보고 있었다.

"아영아, 저거 봐 봐. 아름답지 않아?"

혜진은 사람들의 시선이 모인 곳을 향해 손가락으로 가

리키고 있었다.

아영은 그녀의 손가락을 따라 시선을 향했다.

그녀가 가리킨 손가락 끝에 빛의 기둥이 얹혀 있었다.

사람들은 신기하다는 듯 바라보고 있었고, 누구는 동영상을 촬영하고 있었다.

확실히 아름다운 광경.

처음 수원역에 도착할 때까지만 해도 보이지 않았던 기둥이었다.

쇼핑하는 사이에 깜짝 공연을 위해 뭔가 설치라도 했나 궁금증이 일었다. 하지만 딱히 조명 기계가 설치되어 있는 것 같지 않았다. 그렇기 때문에 더욱 신기했다. 햇빛이 한쪽만 내리쬐는 것도 아닌데도 말이다.

곧 빛의 기둥은 더욱 비대해졌다.

신기한 광경에 사람들이 입을 다물지 못한다.

휘파람까지 불며 이 아름다운 장관을 촬영하기 위해 휴대폰을 높게 들어 올린다.

빛이 사방으로 퍼지며 아름다움의 절정에 다다랐다. 그리고 사람들이 그것에 매료되는 순간, 빛의 기둥 안에서 뭔가가 날아왔다.

퍼억!

"……."

근접한 거리에서 동영상을 촬영 중이던 한 시민의 왼쪽 가슴에 뭔가가 날아와 박혔다. 자세히 보니 단창이었다.

사람들은 무슨 일이 일어난 것인지도 모른 채 멍하니 이를 바라보았다.

시민의 가슴에서 붉은 피가 번지기 시작하고, 곧 뒤로 쓰러졌다.

"꺄아아악!"

근처에 있던 시민들이 비명을 지르기 시작했다. 빛의 기둥에서 검은 그림자와 함께 무엇인가가 나타나기 시작했다.

"모, 몬스터다!"

아름다운 광경과 함께 나타난 몬스터의 출몰에 사람들이 비명을 지르며 달아나기 시작한다.

아영과 혜진의 눈이 동그랗게 변한다.

빛의 기둥 너머로 나타난 몬스터들이 울부짖으며 사람들에게 무차별적으로 달려들었다.

*   *   *

일주일 동안 자연 좋은 곳에서 지낸 재현은 하산한 후, 이상한 소식을 들을 수 있었다. 몬스터들이 경기도 수원 시내 한복판에 출몰했다는 소식이었다.

아주 드물게 인적이 많은 곳에 몬스터들이 출몰했다는 소식을 해외 보도로 들은 적 있지만 한국에서 생긴 건 처음 있는 일이었다.

수원이면 재현의 집과 매우 가까운 곳이다. 버스를 타고 15분이면 갈 수 있는 거리다.

소식을 접하고 재현은 서둘러 윤정에게 통화를 했다. 다행히 윤정이 전화를 받았다.

[오빠, 지금 어디야?]

수화기 너머로 소란스러운 소리가 들려온다. 절규하는 소리와 폭발음 등등. 재현은 수화기 너머로 들리는 소리에 더욱 걱정되었다.

"소식 들었어. 수원에 몬스터 출몰했다고? 혹시 다치거나 하지 않았어?"

[나는 무사해. 그리고 지금 부상자들 치료하고 있어.]

다치지 않았다니 천만다행이다.

윤정은 시내에 몬스터가 출몰했다는 소식을 접하기 무섭게 사람들을 도우러 바로 이동한 모양이었다.

의료 자격증이 있으니 응급환자들을 조기 치료하며 돕고 있는 모양이다.

"거기 상황은 어때?"

[헌터하고 경찰, 군인들이 긴급 투입돼서 길을 봉쇄하고

진압 작전을 하고 있어. 사상자들이 많아.]

"혹시 모르니까 봉쇄한 곳 안으로 깊이 들어가지 마."

[알았어, 오빠. 빨리 와야 돼?]

지리산에서 집까지의 거리는 5시간 이상이다. 재현은 당장 가겠다고 말한 뒤 통화를 종료하고 트럭에 올라탔다.

그가 알기로는 헌터들 전용 긴급 수송 비행기가 있는 것으로 알고 있다.

수원 쪽에 공군 비행장이 있으니 이 지역의 공군 비행장에 가면 금방 도착할 수 있으리라 생각했다.

*　　　　*　　　　*

수원 시내에 아무런 전조도 없이 차원을 가르고 나타난 몬스터들은 사람들을 학살하기 시작했다.

하필이면 사람들이 많이 모이는 주말 역전에서 생겨 그 피해는 더욱 막심했다.

어느 정도 진정 국면에 들었지만, 아직 몬스터는 시내를 활보하고 다니고 있었다.

지하철과 연결된 AL백화점 내부는 사람들은 오도 가도 못한 채 바리케이드를 쌓은 채 숨죽여 구조되기만을 기다렸다.

백화점 내부에 있는 민간인의 수는 자세히 파악되지 않았지만 최소 삼백 명 이상일 것이라 추산했다.

"후우, 너무 많은데."

아영은 지하 주차장 내부에 깔린 몬스터들의 시선을 피해 기둥 뒤에 숨어 있었다.

친구와 쇼핑하기 위해 즐거운 마음으로 왔더니 몬스터들이 출몰해 버렸다.

아영은 혜진을 백화점 내부로 들여보냈고, 자신만 빠져나왔다. 백화점 내부로 진입하려고 하면 그녀가 막으려는 속셈이다.

허나 그녀도 예상하지 못한 변수가 있었다. 몬스터를 잡는 것은 문제가 되지 않지만, 그 수가 너무 많았다.

주차장 통로로 들어오는 몬스터의 수는 계속해서 늘어갔다.

중급 헌터가 된 그녀라고 해도 저 숫자를 함부로 감당할 수 없었다.

"키익?"

고블린이 고개를 갸우뚱하며 아영이 있는 쪽으로 오고 있었다.

그녀는 숨을 죽이고 있다가 주머니에 있는 끈을 꺼냈다. 유라가 앞으로 헌터를 할 수 없다면서 이별 선물로 준 것이다.

원래 용도는 머리 끈이지만, 몬스터의 재료로 만든 덕분에 끊어질 염려는 없다고 한다.

고블린의 발걸음 소리가 지하 주차장 가득 울려 퍼진다.

녀석이 근처에 올 때까지 숨죽여 기다렸다.

그림자가 기둥 옆으로 나오고 점점 커진다.

녀석의 머리가 보일 때, 그녀는 잽싸게 머리 끈을 늘려 녀석의 목을 졸랐다.

"킥……! 키익……!"

갑자기 목이 졸려 숨이 막혀 발버둥 치는 고블린. 하지만 아영은 전혀 놓지 않고 녀석의 목을 계속 졸랐다.

한참을 조르니 녀석의 움직임이 멈췄다.

그녀는 조용히 고블린을 내려놓고 살짝 고개를 내밀었다. 아직 몬스터들이 지하 주차장 내부를 활보하고 있었다.

이런 식으로 몬스터를 잡은 수가 벌써 열 마리째다. 그런데도 전혀 줄어든 것 같지 않았다.

다행이라고 하면 녀석들은 밑으로 더 내려가는 덕분에 몬스터가 쌓이는 일이 없다는 것이다.

올라온다면 얘기는 달라지겠지만 어떻게든 이 상황을 타개할 방법은 있어 보였다.

밖에서 요란한 폭발음이 들리는 걸 보니 진압 작전이 시작된 것 같았다.

아직 완벽히 진압하지 못한 상황이라 이곳까지 오지 못하는 모양이지만, 시간문제이다.

시간이 지날수록 투입되는 헌터들은 많아질 것이고, 곧 구출될 것이다.

'나도 일단 대피해야겠어.'

계속 이곳에 있다가는 언젠가 발견될 것이다. 최대한 빨리 이곳에서 벗어날 필요가 있었다.

녀석들의 시선을 피해 도망가기로 하고, 아영은 파괴된 차량 뒤로 이동해 숨어서 지켜보았다.

그녀와 얼마 떨어지지 않은 곳에 C급 몬스터인 아이언 와일드 보어가 차량을 들이박고 있었다.

차량을 적으로 인식한 것인지 한참을 들이받는 녀석.

녀석이 들이받아 차량에서도 경보가 자꾸 울려 준 덕분에 기척을 내도 몬스터들의 시선이 이쪽으로 향하지 않았다.

경보음에 그녀의 기척이 묻힌 것이다.

'향수 안 뿌리고 오길 잘했어.'

향수를 애초에 잘 뿌리지 않지만 간혹 쇼핑을 갈 때 뿌릴 때가 있는 아영.

만약 향수를 뿌리고 왔으면 진즉에 몬스터에게 걸려 싸우고 있었을지도 모른다.

천만다행이라 생각하며 아영은 몬스터들의 시선을 피해 계속 이동했다. 주차되어 있는 자동차 중 한 곳에 멈추었다가 멈칫했다.

경보음이 울리는 와중 그녀의 귀에 또 다른 소리가 들려왔기 때문이다.

"응애! 응애!"

"이, 이런……!"

아기 울음소리. 아이언 와일드 보어가 들이받고 있는 차량에서 아기가 보였다.

무슨 정신으로 아기를 차에 놔두고 백화점에 들어갔는지 모르지만 그것을 따질 때가 아니다.

아영은 재빨리 차를 향해 돌진했다. 아기를 구해야겠다는 생각에 머리보다 몸이 먼저 반응했다.

그녀는 파이로키네시스 능력자.

주먹을 쥐고 아이언 와일드 보어의 몸을 강하게 때렸다.

화염이 녀석의 몸에 붙었다.

녀석의 몸을 잠식하고 있는 화마는 꺼질 생각도 하지 않았다.

갑작스럽게 당한 기습과 몸에 불이 붙자 녀석이 당황했다.

아영은 재빨리 차 문을 열어 아기를 꺼냈다.

다행히 크게 다친 곳은 없어 보였다. 옷차림을 보니 여자아이 같았다.

그녀는 아기를 안고 주위를 둘러본다.

몬스터들 한가운데에 남겨진 그녀.

피에 굶주린 듯 충혈된 눈으로 바라보며 침을 흘리는 몬스터들.

아영은 주먹을 움켜쥐며 아기를 더욱 꼭 끌어안았다.

방금 전에 보다 훨씬 많아진 느낌이다. 주차된 차들이 많아 미처 보이지 않던 몬스터들까지 모인 것이다.

'큰일 났네.'

절체절명의 위기. 잘못하다가는 여기서 목숨을 다할 것 같았다.

그래도 헌터로서 해 보지 않고는 모르는 법.

최소한 이 아기만큼은 살리겠다 생각하며 그녀는 각오를 다지며 몬스터들을 향해 달려들었다.

*   *   *

세 시간 만에 지리산에서 수원에 도착한 재현.

그의 눈에 들어온 것은 평소 보던 수원 시내가 아니었다.

수원 시내에 쫙 깔린 몬스터들. 가스가 터진 듯 검은 연기가 피어오르고 있었다.

파괴된 건물과 간간이 들려오는 총성이 전쟁을 방불케 했다.

비행장에 군용 차량이 다가오더니 급정차했다. 문 한쪽이 없어져 있고, 뭔가에 긁힌 자국, 차량 범퍼에는 진득한 피가 묻어 있다.

보아하니 몬스터들의 사이를 뚫고 온 모양이었다.

"헌터라고 하셨죠? 얼른 지원을 가 주시기 바랍니다!"

재현은 재빨리 그 차량에 탑승했다.

어찌나 시급한지 재현이 탑승하기 무섭게 운전병이 액셀러레이터를 힘껏 밟았다.

재현은 부서진 문 사이로 날아가지 않게 손잡이를 꽉 잡았다.

차량도 통제하는 듯 차량이 지나갈 법도 한데, 보이지 않는다. 보이는 차량은 앰뷸런스와 군차량밖에 없었다.

최고 속도로 밟으니 차량이 비행장에서 나오는 건 순식간이었다.

그들은 재현을 봉쇄 지역까지 안내해 주고 수고해 달라는 말을 남기고 급히 다시 비행장이 있는 쪽으로 돌아갔다.

사람들로 가로막혀 있는 봉쇄 지역. 곳곳에서 목소리가 터져 나오고 있었다.

자신의 아이가 저기에 있다, 친구가 쓰러져 있으니 살려 달라는 등등. 가족이나 지인들을 찾는 목소리로 가득하다.

심지어 취재를 나온 기자들도 들어가려고 난리다.

군경 관계자들이 봉쇄하고 출입을 금하고 있는 와중, 재현이 사람들의 사이를 비집고 들어갔다.

군인이 재현을 막아섰다.

"출입할 수 없습니다. 물러나 주세요."

재현은 주머니에서 뭔가를 꺼내 군인에게 건네주었다.

"헌터입니다. 들어가게 해 주세요."

그가 꺼낸 것은 헌터증. 귀찮게 설명하는 것보다 헌터증을 제시하는 게 가장 빠른 방법이다.

군인들은 헌터증을 건네받고 확인 작업을 했다.

단말기에 헌터증을 갖다 대는 것만으로 헌터가 맞는지 아닌지 유무를 알 수 있었다.

헌터들의 출입은 막지 않는 듯 관계자들은 헌터증이 확인되고 나서 바로 들여보내 주었다.

뒤에서 자신의 아이와 친구를 살려달라고 부탁하는 소리가 들려왔다.

마음 같아서는 그들을 전부 도와주고 싶었지만, 그럴 수 없었다.

최대한 인명을 살릴 수 있으면 살리겠지만, 현실적으로

다 구해 줄 수는 없다.

그저 기적이 있기를 바랄 수밖에 없다.

재현은 정령들을 소환했다.

"얘들아, 가자!"

그는 바리케이드를 뛰어넘고 봉쇄 지역 안으로 깊숙이 들어갔다.

한참을 뛰어가니 어느새 몬스터들이 보이기 시작했다.

도로는 붉은 피로 점철되어 있었고, 길가에 옷 조각이나 사람의 시체들이 널려 있다.

심지어 아스팔트 위에 쓰러진 민간인뿐만 아니라 군인과 경찰들도 간간이 보였다.

휴가나 외출을 나왔다가 당했는지 비무장한 상태의 군인도 있었고, 무장한 채 쓰러져 있는 사람도 보였다.

평소 자신이 보던 시내의 모습이 맞는지 의심스러운 광경이다.

재현도 익숙히 봐 온 몬스터들이 다수 보였다.

녀석들이 재현을 발견하고 이쪽으로 다가온다.

"여기가 어디라고 제집처럼 돌아다녀!"

재현이 목청껏 소리 지르며 정령화를 한다. 그의 몸에서 빛줄기가 터져 나오며 몬스터들을 향해 쏟아 냈다.

비처럼 쏟아지는 전류에 녀석들이 괴성을 지르며 차례차

례 쓰러졌다.

남은 몬스터들은 정령들이 적극적으로 공격하여 쓰러뜨려 나갔다.

시내에 나타난 몬스터들은 F~C급 몬스터들.

가벼운 공격만으로도 충분히 제압이 가능한 몬스터들이었다.

"살려 주세요!"

2층 건물 옥상에 다급한 목소리가 들려왔다.

멀지 않은 곳.

그들은 재현이 보이자 막대기에 옷을 걸어 깃발처럼 흔들었다.

건물 주위로 몬스터들이 몰려 있다.

바리케이드를 쳐서 어떻게든 출입문을 봉쇄해 버티고 있었지만 역부족 같았다.

아슬아슬하게 시간을 버는 정도다.

재현은 몬스터들을 향해 달려가며 손가락으로 정면을 가리켰다.

"운다인, 웨이브 커터!"

날카로운 물의 칼날들이 거센 파도처럼 녀석들에게 몰려가며 도중에 터져 아스팔트로 된 바닥을 가득 적신다.

"썬다이넨, 썬더!"

콰아앙!

마른 하늘에서 푸른 빛줄기 하나가 떨어지며 우레와 같은 소리가 울려 퍼졌다.

아스팔트 도로에 꽂힌 번개는 젖은 도로에 전류를 퍼트렸다.

젖은 도로 위에 있던 몬스터들이 일제히 몸을 부르르 떨며 곧 쓰러졌다.

순식간에 몬스터들을 제압한 재현.

그는 혹시나 몬스터들이 없나 확인한 후, 정화수를 한 번에 들이켰다. 그리고 바리케이드를 부서뜨렸다.

"모두 나오세요!"

옥상에서 깃발을 흔들고 있던 이들이 우르르 나왔다.

나온 이들은 총 일곱 명. 그중 어린아이가 두 명이었다.

한 명은 부상을 당했는지 옷을 찢어 천으로 대충 묶은 상태였다.

재현은 자신이 가지고 있던 포션과 치료수를 건넸다.

"부상자는 포션과 치료수를 사용하세요. 오는 길에 몬스터들을 처리했으니 공군 비행장 쪽으로 도망치면 안전할 겁니다."

그들은 감사의 인사를 하며 서둘러 도망쳤다.

재현은 혹시 자신이 보지 못한 몬스터들이 나타날까 메

타이온을 동행시켰다.

메타이온이라면 몬스터들이 나타나도 민간인들을 안전하게 지켜 줄 수 있을 것이다.

그렇게 다시 이동하는 재현.

몬스터들을 피해 옥상 위로 올라간 사람들이 간간이 보였다.

재현은 그들이 보일 때마다 길을 만들어 내고 구출했다.

그러면서 구출된 사람들에게 정보를 얻는 것도 잊지 않았다.

"군인들이 100미터 앞 빌딩에 들어가는 걸 봤어요."

재현은 그들에게 안전한 거리로 보낸 후, 군인들이 있다는 곳으로 향했다.

5층으로 된 상가였다.

창문 사이로 간간이 모습을 내비치는 군인이 보였다.

그들은 재현과 눈을 마주치자 손을 흔들었다.

"도망치세요! 상가 안에 몬스터들이 가득 깔렸습니다!"

싸우지 않고 안에 있는 것을 보고 무슨 문제가 생겼구나 하고 생각하며 재현은 군인의 말을 무시하고 상가 안으로 진입했다.

군인들의 말대로 상가 안은 몬스터들이 잔뜩 깔려 있었다.

"키아악!"

"크르릉!"

고블린이나 코볼트들, 버서크 울프.

별로 무섭지 않은 몬스터들이다. 그는 고블린의 독침에 대비해 목에 보호대를 감고 후드를 깊게 눌러쓰며 녀석들에게 다가갔다.

일제히 달려드는 몬스터들. 그래 봤자 재현은 무섭지 않았다.

등급도 낮은 녀석들이기 때문에 소탕하는 데 어렵지 않았다.

그는 상가 구석구석 찾아다니며 몬스터들을 소탕했다.

꼭대기 층까지 어렵지 않게 도달한 재현.

그즈음 정령력의 소모가 커져 머리가 핑 도는 것 같았다.

"누, 누구냐!"

바리케이드 사이로 총구가 전등에 비춰 번쩍 빛나고 있었다.

모습은 보이지 않는데 총구만 보이는 것이 은 · 엄폐를 잘하고 있었던 듯싶었다.

재현은 양손을 들었다.

"헌터입니다."

그 말 한마디에 모든 게 해결되었다. 상대가 놀라고 있는 게 느껴졌다.

"밑에 있는 몬스터들은······."

"전부 소탕했습니다."

아무리 하급 몬스터라고 해도 단신으로 그 많은 몬스터를 해치운 것을 보면 보통 헌터가 아니라고 생각했다.

그들은 잔뜩 쌓아 올린 바리케이드를 치우기 시작했다.

곧 재현의 눈에 민간인뿐만 아니라 군인과 특경대의 모습이 보였다.

'탄입대가 눌려 있는 걸 보니······ 탄을 다 썼던 거로군.'

일단 일발 장전이 되어 있는 것 같은데 그것도 얼마 없으니 이곳에서 버티고 있었을 거라고 생각했다.

30발이 들어가는 탄창 하나에 그 많은 몬스터들을 뚫고 나가기는 역부족이었을 게다.

거기에 민간인들까지 같이 가야 했을 테니 위험도 컸을 것이다.

무장을 완벽하게 갖춘 그들이지만, 총알이 없어 싸우지 못하고 있는 상황. 재현은 그들에게서 어떻게 이곳에서 저항하게 되었는지 듣게 되었다.

듣자 하니 다른 군인들과 특경대들이 더욱 깊숙한 곳에서 몬스터들을 토벌하고 있다고 하지만, 역부족인 상황인 것 같았다.

총알이 떨어져 보급을 받아야 하는데 보급이 원활하지 못해 받지 못하는 자들도 있다고 한다.

보급을 받으러 갔다가 우회해서 되돌아온 몬스터에 의해 당한 이들도 꽤 된다고 한다.

그들도 총알을 받으러 갔다가 몬스터를 마주쳐 여기에 갇히게 되었다는 모양이다.

"그 문제는 제가 해결해 드릴게요."

"정말이십니까?"

중사 계급의 김진성은 감사하다는 얼굴로 그의 손을 맞잡았다.

'메타이온, 군인과 특경대들을 만났으니 총알도 달라고 해 줘.'

[알았어…….]

메타이온은 정령. 출입한 헌터가 누구인지 대면 총알을 건네줄 것이다.

일단 정령력의 소비가 크니 잠시 휴식을 취할 겸 재현은 빌딩 안으로 들어가 숨었다. 정화수를 마시며 창밖을 바라보았다.

여전히 시내에 남은 몬스터가 있었다.

저 많은 몬스터들을 언제 다 소탕할 수 있을까 생각하고 있을 때 메타이온에게 텔레파시가 왔다.

[어떤 총알을 달라고 하냐고 묻는데?]

'대괴수용탄. K-3 기관총하고 K-1, K-2 돌격소총 전용으로.'

현역으로 뛴 재현이기 때문에 특경대와 군인들의 총들을 보는 것만으로 종류를 바로 파악하고 전달할 수 있었다.

박격포에 있던 재현이라도 군 생활을 하면서 한 번쯤 본 것들이었다.

특경대는 K-1을 주로 쓰고, 군인들은 K-2를 휴대하고 다녔다.

[총알 받았어…….]

'바로 이쪽으로 소환할게. 잘 잡고 있어.'

아주 간단한 일. 재현은 메타이온을 역소환했다가 다시 소환해 이쪽으로 불러냈다.

메타이온은 온몸에 치렁치렁 총알을 매고 있었다.

"초, 총알이다!"

총알 보급 완료.

메타이온은 무겁다는 듯 불만스러운 표정이었다.

재현은 메타이온의 몸에 치렁치렁 매달려 있는 총알을 벗겨 주고 그들에게 건넸다.

군인이 네 명, 특경대가 세 명. 두 명은 아무리 봐도 민간인인데 총을 가지고 있었다.

보아하니 예비군인 것 같다.

저 총은 싸우던 군인이 떨어뜨린 총을 주웠던 것 같았다.

총알은 아홉 명임에도 모두 보급하고도 남을 정도로 충분한 양이었다.

오히려 한 소대가 사용할 양을 주었다.

이 정도면 들고 가는 것도 일일 것 같았다.

그래도 없는 것보다 낫기 때문에 불평하는 이는 없었다.

총알을 바리바리 들고 있던 메타이온은 그제야 몸이 가벼워졌다.

군인들에게 각각 보급하고서 무장을 마쳤다. 탄알집이 다시 가득 채워지니 그것만으로도 든든해지는 기분이었다.

"이제 슬슬 가 볼까."

정화수를 마시며 충분한 휴식을 취한 덕분인지 정령력도 다시 어느 정도 회복되었다. 정령력을 아껴 가며 싸워야겠다 생각했다.

자리에서 몸을 일으킨 재현. 김진성 중사와 그의 부하들이 재현 앞에 섰다.

"저희도 헌터님과 함께 싸우겠습니다."

"저희 특경대도 같이 싸우겠습니다!"

특경대들도 재현의 앞에 서며 재현과 함께 싸우겠다는

의지를 내보였다.

재현은 그들의 말에 승낙했다.

그들의 전우를 찾을 때까지 같이 행동하는 것도 나쁘지 않겠지 생각했다.

매정하게 그들을 버려두고 가면 그중 희생자가 나올 수도 있기 때문이다.

문제는 총을 소지한 민간인들인데…….

그들은 어차피 급히 예비군 소집이 되었을 거라며 같이 싸우길 희망했다.

밖으로 도망치나, 여기서 싸우나 어차피 몬스터들과 싸울 테니 미리 싸우겠다는 것이다.

전력이 늘수록 좋다.

재현은 민간인들이 안전하게 대피할 수 있도록 다시 메타이온에게 맡기고, 아홉 명과 함께 상가 밖으로 나왔다.

몬스터들이 어디론가 이동하고 있는 것이 보였다.

"저쪽은……."

Chapter 05

재해 복구

아영은 정신력이 한계에 다다랐다. 화염을 사용해 몬스터들의 시선을 피해 숨을 수 있었지만, 주위에 깔려 있다.

'아기는 다치지 않아서 다행이야.'

이런 상황에서도 울지 않고 새근새근 잠들어 있는 아기.

계속 울고 있었으면 아영도 여러 가지로 곤란한 상황을 맞이했을 것이다.

그녀는 아기를 쓰다듬어 준 후, 살짝 고개를 내밀어 몬스터들의 정황을 살폈다.

파괴된 차량 뒤로 녀석들이 자신을 찾는 데 혈안이 되어 있다는 게 보였다. 소리를 듣고 몰린 모양인지 녀석들의 시야가 더 넓어졌다.

가만히 있든, 몰래 나오든 분명 얼마 지나지 않아 들킬 것이 뻔했다.

'이럴 때 유라 언니의 능력이 내게도 있었다면……'

사이코키네시스를 사용해 일부러 소리를 내어 시선을 돌려 몰래 도망치는 방법도 있었을 것이다. 하지만 그녀에게 그런 수단이 없었다.

일부러 화재를 내어 도망치는 방법도 있지만, 까딱 잘못하다가는 주차장 전체로 화재가 번질 수 있었다.

그렇게 되면 자신은 물론 아기의 목숨은 부지할 수 없다.

불로 인해 차량들도 탈 것이고, 그로 인해 폭발이 일어날 것이다.

어떻게든 불길을 피했다 하더라도 유독가스로 인해 질식할 게 뻔하다.

'정면 돌파밖에 없나?'

과연 그게 가능할까란 생각이 들었다. 운이 나쁘게도 이곳에는 C급 몬스터도 섞여 있다.

F~D급이라면 어떻게든 빠져나갈 수 있을 것 같은데, C급 몬스터가 있는 이상 그것은 불가능할 것이다.

아영은 레이저를 쏘아 몬스터들의 정보를 확인했다.

이름: 파이어 울프릭

종류: 개과

등급: C

－이빨과 발톱이 퇴화되어 강력하지 않지만 거친 숨결로 화염을 토해 내어 상대를 불태우는 늑대이다. 고온의 화염을 내뿜기 때문에 상대를 순식간에 불태울 수 있다. 위기 상황일 때 자신의 몸을 불태워 상대에게 달려든다. (Tip. 수 속성 공격에 매우 취약하다. 화 속성에 면역이 있다.)

이름: 미니 스톤 골렘

종류: 석상과

등급: C

－단단한 돌로 이루어진 몬스터이다. 주로 암석이 많은 지역에 많이 분포되어 있다. 단단한 육체와 육중한 무게로 상대를 제압한다. 무게 때문에 움직임이 둔하지만 폭주시 빨라진다. (Tip. 뇌와 지 면역, 화 속성 저항, 수 속성에 취약하다.)

상성이 괜찮다면 충분하겠지만 아쉽게도 좋지 않았다. 불에 저항하는 녀석들. 심지어 미니 스톤 골렘은 화 속성에 저항하는 녀석이었다. 어지간한 화력으로는 녀석을 어떻게 할 수 없다는 뜻이다.

게다가 파이어 울프릭의 경우는 자신과 능력이 같았다. 면역이라고 쓰인 것을 보면 자신의 능력은 아예 통하지 않을 거란 소리다.

그렇다면 파이어 울프릭을 해치우기 위해서는 육탄전을 벌여야 한다는 얘기다.

아무리 이빨과 발톱이 퇴화했어도 자신이 이길 수 있을 것 같지 않았다.

운동을 하고 있지만 신체 능력은 남들보다 뒤떨어지는 그녀다.

육탄전은 오히려 더 승산 없는 일이다. 게다가 지금 그녀는 아기를 안고 있다.

이 상대로 육탄전을 하다가는 아기의 생명을 장담할 수 없게 된다.

'골렘은 저 가슴에 보이는 수정체만 파괴하면 제압할 수 있을 것 같은데…….'

모든 몬스터들은 수정체를 가지고 있고, 그것이 생명의 원동력이다.

아영은 수정체로 코팅된 단검을 꺼냈다. 기습으로 녀석의 수정체를 파괴시킨다면 더할 나위 없이 좋은 상황이다.

불행 중 다행인 것은 파이어 울프릭은 단 한 마리라는 것.

녀석만 해치우면 기동성이 느린 골렘을 무시하고 도망칠 수 있을 것이다. 나머지는 그저 잔챙일 뿐이다.

아기가 다치지 않게 조절해야겠지만 수련을 거듭해 능력의 컨트롤을 할 수 있게 된 그녀다.

충분히 할 수 있다.

'그럼 가 볼까!'

그녀가 선택한 것은 정면 돌파!

지금 가장 가능성이 높은 것이 이것밖에 없으니 그녀는 단검을 한 손에 쥐고 파이어 울프릭을 향해 달려들었다.

갑작스럽게 나타난 아영을 보고 녀석의 반응이 늦었다.

정확히 녀석의 심장을 향해 나아가는 단검!

그녀가 회심의 미소를 짓고 단검을 찔렀다.

"이런!"

하지만 애석하게도 녀석이 급히 몸을 튼 덕분에 녀석의 심장을 제대로 찌르지 못했다.

수정체가 닿은 듯 딱딱한 것을 때린 감촉은 있지만 제대로 찌르지 못해 파괴시키지 못했다.

"커헝!"

녀석이 몸을 움직여 꼬리로 그녀의 옆구리를 강하게 때

렸다.

꼬리의 힘이 어찌나 강한지 아영이 3미터 정도 데굴데굴 굴렀다. 그 와중에도 아기는 다치지 않게 꼭 안고 있었다.

아영은 서둘러 몬스터들이 접근하지 못하도록 원으로 불길을 만들어 냈다.

불길이 일어난 덕분에 몬스터들이 쉽사리 다가오지 못했지만, 파이어 울프릭은 제외였다. 녀석은 아무렇지도 않게 불길을 걸어오며 날카로운 이빨을 보이고 있었다.

부상을 입은 고통도 못 느끼는 것처럼 자신이 공격받았다는 것에 화가 난 듯 매섭게 노려보고 있다.

정면 돌파가 허무하게 실패했다.

제대로 찔렀으면 가능성이 생겼을 텐데…….

단검을 꾹 움켜쥐고 자세를 잡았지만 평소 자주 사용해 보지 않은 무기라 자세가 어정쩡했다.

이럴 줄 알았다면 유라에게 단검술을 배워 둘 걸 그랬다.

"컹컹!"

녀석이 달려들었다.

아영은 단검을 들어 휘둘렀지만, 녀석은 교묘하게 피한 후, 그녀의 팔을 물어뜯었다. 팔의 살점이 떨어져 나가며 피가 쏟아졌다.

손에 꽉 쥐고 있던 단검이 떨어지며 저만치 날아갔다.

고통이 엄습했지만, 그 고통도 곧 잊혀졌다. 죽음에 대한 공포가 그녀의 머리를 가득 채운다.

'여기까지인가?'

이미 몬스터에게 포위되었다.

어떻게 녀석을 이긴다 하더라도 이 상태로 남은 녀석들을 상대로 길을 만들어 내기 힘들다.

정신력이 다할 때까지 버티는 것밖에 되지 않는다. 결국 여기서 이렇게 죽는구나 하고 생각했다.

자신의 능력이 모자라 지켜 주지 못해 아기한테는 미안함이 먼저 들었다. 자신도 아직 제대로 빛을 못 봤는데 아기는 오죽할까.

녀석이 진득한 점액을 늘어뜨리며 아가리를 벌리고, 아영이 이를 꽉 깨물며 눈을 질끈 감았다.

이제 끝났구나 생각하는 순간이었다.

퍽!

"깨갱!"

육중한 타격음과 함께 녀석이 울부짖으며 옆으로 날아간다. 그 소리를 듣고 아영의 눈이 확 뜨였다.

그녀의 눈앞에는 소녀가 서 있었다.

"아영아, 괜찮아?"

"누구……?"

아영은 눈앞에 나타난 소녀를 보고 고개를 갸웃거렸다.

파란색 머리칼을 가진 외국인인 소녀.

이제 중학생 정도 되는 소녀는 자신을 알고 있었다.

이렇게 눈에 띄면 한 번 봤어도 금방 알아차렸을 텐데, 아영의 기억 속에 파란색 머리카락의 소녀는 없었다.

그 의문도 잠시, 지하 주차장 가득 낯익은 청년의 목소리가 쩌렁쩌렁 울려 퍼졌다.

"운다인, 웨이브!"

운다인이란 소녀가 주위로 파도를 일으켰다.

파도가 몬스터들과 차량 할 것 없이 모두를 밀어내며 순식간에 길을 텄다.

소녀의 모습에서 그녀는 익숙한 것을 볼 수 있었다.

소녀에게서는 작은 물방울이 여러 개 떠다니고 있었다.

상당히 낯이 익은 모습.

아영은 뭔가를 떠올렸는지 화들짝 놀라며 목소리가 들린 쪽으로 시선을 향했다.

그곳에는 군인들과 특경대, 무장한 민간인을 이끌고 온 남성이 서 있었다.

그 남성은 그녀도 익히 알고 있는 사람이었다.

"재현…… 오빠?"

* * *

백화점 주차장에 들어온 재현은 뜻하지 않게 아영을 만나게 되었다.

싸우는 소리가 들려 급히 왔더니 설마 아영이 싸우고 있을 줄은 꿈에도 몰랐다.

조금만 늦었더라도 녀석의 이빨이 그녀의 목을 물어뜯을 뻔했다.

그는 아직 남아 있는 몬스터들을 바라보았다. 어림잡아도 서른 마리가 넘었다.

고블린, 코볼트, 아이언 와일드 보어 등 다양한 개체들이 있었다. 재현은 녀석들을 둘러보고서 앞으로 다리를 내디뎠다.

"재현 오빠, 조심……."

아영이 말을 채 마치기도 전에 몬스터들이 재현을 향해 달려들었다.

서른 마리가 동시에 달려드는 상황. 하지만 그의 눈은 두려움이 없었다.

"별것도 아닌 몬스터들이."

그의 손에서 전격이 일어났다. 손을 휘두르니 녀석들의 몸이 부르르 떨리며 쓰러진다.

서른 마리의 몬스터들이 쓰러지는 것은 한순간.

정령들은 말하지 않아도 아직 죽지 않은 녀석들을 마저 사살했다.

미니 스톤 골렘은 전격이 통하지 않아 아직 움직이고 있었다. 원래부터 움직임이 둔해 재현에게 가는 것도 한 세월이다.

"아이언 헤머."

망가진 철골들을 망치의 형태로 만들어 녀석의 머리를 강하게 내리쳤다. 녀석의 머리가 깨지며 순식간에 뒤로 넘어갔다.

'뭐, 뭐야……?'

아영은 이를 보며 황당하다는 표정을 숨기지 못했다.

자신은 어떻게든 뚫어 보겠다고 발버둥을 쳤는데, 재현은 별로 힘도 들이지 않고 몬스터들을 제압한 탓이다.

파이어 울프릭이 눈치를 살살 보며 도망치려고 했지만, 그것이 운다인에게 목격되었다. 운다인은 녀석을 향해 웨이브 커터를 사용했다.

녀석은 아무것도 해 보지 못한 채, 순식간에 둘로 나뉘었다.

일방적인 싸움이 아니라 학살이라고 봐도 무방했다.

재현은 몬스터들이 더 없나 확인한 후, 아영에게 다가왔다.

"오랜만이다, 아영아."

"예, 오랜만이에요."

"많이 다쳤네."

재현은 가지고 있는 포션과 치료수, 그리고 붕대를 꺼냈다. 가장 먼저 치료수를 마시게 하고, 포션의 마개를 땄다.

다행히 다친 지 얼마 되지 않은 데다 상급 포션이라서 상처에 뿌리면 흉터 없이 아물게 될 것이다.

"많이 아플 거야. 참을 수 있겠어?"

아영은 고개를 끄덕이며 팔을 그에게 내밀었다.

재현은 곧장 포션을 그녀의 상처 부위에 뿌렸다.

지지지직!

"우으윽!"

살이 타는 소리와 함께 상처가 급속도로 아물었다. 아영이 고통스러워했다.

마음 같아서는 비명을 지르고 싶었지만 꾹 참았다.

약 5분이 지나자 그녀의 팔이 언제 다쳤냐는 듯 멀쩡해졌다.

그쯤 되니 그녀의 얼굴에 땀이 송골송골 맺혀 있었다.

비명을 질러도 이상할 게 없을 텐데 이렇게 꿋꿋이 참은 것이 대견해 보였다.

"잘 참았어. 그래도 혹시 모르니 치료수 몇 병 줄 테니 장기적으로 마셔."

"고마워요. 그런데 재현 오빠. 혹시 이 아이……."

아영은 운다인을 바라보고 있었다. 무슨 말을 하고 싶은 건지 파악한 재현이 싱긋 웃었다.

"아, 운다인이라고 해. 전에 운디네…… 그러니까 하급 정령이었을 때 봤지? 그 녀석이 진화한 거야."

"그렇구나……."

정령에 대해서 잘 모르지만 단계를 거칠수록 모습이 변한다고 얼핏 들은 적이 있던 것 같았다.

고작 15센티미터의 생명체가 중학생 정도의 모습을 하고 있으니 몰라보는 것도 이상하지 않았다.

그러고 보니 그의 주위에는 또 다른 정령들도 함께 있었다.

운다인보다 약간 연한 하늘색 머리의 활발해 보이는 정령, 어째서인지 졸려 보이는 보라색 머리의 정령, 재현의 뒤에 숨어 이쪽을 흘깃 바라보다가 눈이 마주치면 급히 숨는 갈색 머리의 정령까지.

정령사가 다른 정령과 계약할 수 있는 것은 알고 있었지만 이리 많이 계약할 줄은 몰랐다.

그러면서 정령들의 개성과 생김새가 다른 것에 새삼 신

기하게 느껴졌다.

'성격이 참 다양하구나⋯⋯.'

일단 생명체니까 개성도, 성격도 다르겠지, 라고 생각하며 스스로 납득한 아영이었다.

* * *

재현은 일단 아영을 대피시키려고 했지만, 그녀는 아기를 안전한 곳에 데려다주고 그와 함께하기로 했다.

예전과 달리 지금은 자신의 의지대로 능력을 다룰 수 있으니 전력이 될 거라고 설득했다.

부상을 당하고 치료하느라 걱정이 된 재현이지만, 그녀의 의지에 일단 승낙했다.

일단 바리케이드 안으로 들어가니 아기의 부모들이 나타났다. 그들은 연신 감사의 인사를 했다.

재현과 아영은 백화점 주차장에 있는 몬스터들을 마저 처리하고, 지상으로 향했다.

헌터들이 속속 도착하고 팀을 짜 본격적으로 소탕 작전을 펼치니 금방 정리되었다고 한다.

아직 잔존한 몬스터들이 남아 있다고 하지만 사람들을 발견하면 곧바로 대피시킬 수 있었다.

소탕을 시작한 지 몇 시간. 어느새 저녁이 되자 소탕 작전을 잠시 멈추고, 봉쇄 지역을 좁혔다.

재현은 윤정에게 연락해 위치를 물었고, 곧 만날 수 있었다.

"윤정 언니?"

"아영아!"

윤정과 아영이 서로를 부둥켜안았다.

재현은 의아하다는 듯 서로를 번갈아가며 바라보았다.

"뭐야, 아는 사이였어?"

그 둘은 동시에 대답했다.

"사촌 동생이야."

"사촌 언니예요."

오랜만에 만난 옛 동료가 알고 보니 여자 친구와 사촌이었다니. 세상이 좁다는 말이 왜 나왔는지 알 것도 같았다.

"윤정 언니가 사귀고 있다는 사람이…… 재현 오빠였어?"

"응. 그런데 우리 오빠랑 너랑 어떻게 안 거야?"

"아, 그게…….."

아영은 자신이 헌터라는 것을 부모님 외에 알리지 않았고, 부모님들도 친척들에게 알리지 않았다.

어떻게 설명해야 할지 난감해하며 재빨리 머리를 굴렸지만, 거짓말할 것이 없었다. 오히려 잘못하다가 오해만 불러

일으킬 수 있었다.

"실은 언니, 나 헌터야. 재현 오빠는 나랑 헌터 동기이자 동료고."

"오빠, 정말이야?"

믿기지 않는 듯 바라보는 윤정. 재현은 어깨를 으쓱이며 대답해 주었다.

"거짓말할 이유가 어디 있겠어. 사실이야. 우리가 처음 만났을 때 내가 동료 얘기해 줬었지? 그때 그 파이로키네시스 능력자가 바로 아영이야."

윤정이 의아하다는 듯 아영을 바라보았다. 설마 이렇게 가까이에 헌터가 있을 줄은 몰랐다.

"세상 참 좁네. 설마 우리 오빠가 너랑 동료였을 줄이야. 혹시 어디 안 다쳤어? 이 소매 좀 봐."

무사해서 다행이라고 생각하며 윤정은 아영의 몸을 살폈다.

소매가 찢어지고 피로 물들어 있었지만 재현이 포션을 뿌려 준 덕분에 흉터 없이 멀쩡했다.

"재현 오빠가 치료해 줘서 괜찮아. 걱정해 줘서 고마워."

"그래? 큰 상처는 아니었나 보네. 다행이다."

사실 까딱 잘못했으면 평생 지울 수 없는 상처를 남길 뻔했지만 상급 포션 덕분에 괜찮아졌다고는 죽어도 말 못한다. 괜히 걱정할까 봐 말조심했다.

재현과 아영은 그 일은 죽을 때까지 비밀이라는 듯 서로 바라보고 있었다.

*   *   *

수원의 몬스터 출몰로 인해 당연한 얘기지만 언론은 떠들썩했다.

도심에서 몬스터의 출몰. 빛의 기둥과 함께 나타난 몬스터는 모든 이들을 경악케 했다.

해외에서도 이를 긴급 속보로 보도하면서 크나큰 국제 이슈로 발전했다.

한 사람이 촬영한 동영상도 인터넷을 타고 급속도로 퍼지고, 이는 언론에서도 공개되고 있다.

당시 목격자들의 증언들이 계속 이어지고 있는 와중 아직 제대로 파악되지 않은 사망자와 부상자, 실종자들.

정부에서 대처가 늦었다와 이 정도면 빨랐다라는 사람들의 의견이 분분하다. 그러는 와중 실종자와 사망자 집계도 계속되고 있었다.

주말인 대낮, 사람들이 있던 시간에 갑자기 몬스터들이 출몰한 덕분에 사상자는 계속해서 늘어나고 있는 상황이었다.

몬스터들이 사람을 죽이고 가만두지 않기 때문에 대부분 신원을 파악하는 것도 난항을 겪고 있다고 한다.

고작 2년 전 중국에서도 비슷한 일이 일어났었는데 한국에서도 똑같이 일어났다.

주말인 데다 사람들이 많이 모여 있는 도심에 갑작스럽게 나타난 것이라 인명 피해가 늘어나는 건 어쩔 수 없는 상황.

한동안 이 일을 가지고 언론도 시끄러울 거라 생각하며 재현은 TV를 끄고 창밖을 바라보았다.

몬스터들은 수원 시청까지 진격했다고 한다.

지금은 계속해서 봉쇄를 좁혀 가며 몬스터들을 소탕하고 있다고 한다.

완전히 소탕된다 하더라도 당분간 그 거리를 지나가는 사람이 적을 거라 생각했다.

평소 보던 거리인데 피로 점철된 아스팔트 하며 피비린내가 진동하는 곳. 재현이라도 가기 꺼려지는데 민간인이라고 오죽할까.

일단 군인과 경찰들이 거리를 청소하고 있다고 하는데 그 규모가 너무 커서 힘들다고 들었다.

민간 봉사자들이 나서기에 너무 처참한 곳이라 오히려

정부에서 말리고 따로 사람을 보내고 있는 상황.

다행히 새벽에 비가 쏟아져서 어느 정도 청소는 되었을 것이다.

자신의 집 근처에서 일어난 것이라 뒤숭숭한 마음이었다.

"재현 오빠, 일어나셨어요?"

아영이었다. 그녀는 어제 윤정을 만나고 재현의 집에 하루 정도 머물렀다.

어차피 안방을 제외하고 방이 두 개나 남았기 때문에 머무는 것은 걱정 없었다.

따뜻한 방에서 나온 아영.

그녀는 옷이 더러워지고 넝마가 된 덕분에 윤정의 옷을 걸치고 있었다.

어제 쇼핑했던 옷들은 외출복이라 잠을 잘 때 입기에는 부적절했다.

아영의 친구는 백화점 내부에서 몬스터들이 소탕되길 기다린 덕분에 아무런 부상 없이 집에 갈 수 있었다.

"그래, 잘 잤어?"

"네. 그리고 상처도 이상 없고요."

아영은 자신의 팔을 들어 올렸다.

여자에게 평생 지울 수 없는 흉터가 될 수도 있었는데, 어제 재현이 빠르게 치료해 준 덕분에 부작용이나 흉터도 없이 깔끔하게 복구되었다.

"자, 모두 식사하세요."

아영이 머문다고 기합을 잔뜩 넣은 듯 상차림이 화려했다.

냄새만 맡아도 절로 군침이 돌았다.

아영과 재현은 식탁 의자를 끌어 앉아 수저를 집었다.

국을 크게 한 술 떠먹은 아영이 눈을 휘둥그렇게 뜨며 극찬했다.

"윤정 언니, 요리 정말 잘한다. 내가 먹은 것 중에서 가장 맛있는데?"

"호호. 고마워."

확실히 윤정이 요리를 잘하는 편이긴 하지만 정화수를 썼다고 절대 말은 못한다. 정화수만큼 만능 조미료는 없는 법!

몸에도 아무런 해도 없고 음식은 맛있게 되니 윤정도 요리를 할 때 정화수를 애용했다.

"언니가 가게 차리면 분명 잘 될 거야!"

"호호. 애는. 비행기 태워 줘도 주는 거 없어."

자기 요리를 맛있게 먹어 주는 것만큼 좋은 게 어디 있겠는가.

윤정은 칭찬을 들어 좋아하면서도 아닌 척했다. 겉으로 그게 다 티가 났지만 말이다.

"재현 오빠는 늘 언니의 요리를 먹고 있는 거예요?"

"뭐. 그렇지?"

입맛이 나름 까다로운 재현조차 윤정의 요리에 반했을 정도.

물론 정화수를 넣어 지금은 훨씬 더 맛있지만 굳이 넣지 않더라도 그의 입맛에 맞게 했다.

기본적으로 그녀의 요리 실력이 좋은 것도 있었지만, 재희의 요리법을 따로 배운 것이 큰 도움이 되었다는 것도 부정하지 못한다.

그렇게 기분 좋은 식사를 마치고, 설거지와 집안일을 윤정과 재현이 나누어서 하고 있을 때, 아영이 질문했다.

"재현 오빠. 이 이후에 뭘 하실 거예요?"

"딱히 정한 건 없지만 윤정이랑 수원역에 가 보려고. 재해 복구 위원회가 설치되었다고 하니 일단 도와야지."

"언니도 간다고요?"

워낙 사람이 좋아 남을 돕거나 봉사 활동을 자주 간다는 건 알고 있었지만 그런 처참한 곳을 가려고 하다니.

솔직히 아영의 입장에서는 윤정이 가는 것은 반대였다.

"나도 말렸는데 꼭 가고 싶다고 하네. 자신이 도울 수 있는 건 뭐든지 하겠데."

윤정답다고 해야 하나.

처음 만났을 때부터 지금까지 하나도 변하지 않고 남을 돕겠다는 윤정.

어쩌면 그러한 성격까지 통틀어서 윤정에게 반한 건지도 모르겠다고 생각했다.

"그럼 저도 따라갈게요. 어차피 이곳에 있어도 할 게 없을 것 같고, 재해 복구 위원회에 가면 그나마 의뢰가 있을 테니까요."

"그래. 그럼 집안일 끝내는 대로 같이 가자."

재현은 흔쾌히 승낙했다.

*   *   *

재해 복구에 가도 할 일은 상당히 제한되어 있었다.

몬스터는 얼마 남지 않아 이미 헌터들이 전부 의뢰를 맡았고, 나머지 할 일은 도로에 나뒹구는 몬스터의 사체를 운반, 도로를 청소하는 일이었다.

윤정의 경우 의료 자격증이 있는 덕분에 다친 사람들을 치료할 수 있는 일을 찾았다.

재현과 아영은 도로로 이동해 마스크를 착용하고 주위를 둘러보았다.

늘 보던 광경과 먼 거리.

도로는 피로 점철되어 있고, 아직 채 수습하지 못한 사람의 사체 일부도 보였다.

정부에서 민간인들이 오는 것을 막고는 있지만 민간 봉사자까지 막지는 못하는지 민간 봉사자들도 몇몇 섞여 있었다.

그들은 광기 어린 광경을 보고 구석에서 토악질을 했다.

이미 익숙해진 재현만 하더라도 거북한데 처음 보는 사람들은 오죽할까.

아영도 그간 고생을 한 모양인지 얼굴은 찌푸리고 있어도 나름 담담한 반응이었다.

설악산 때 몬스터 준동의 일을 경험하지 않았더라면 재현도 그들과 함께 구석에서 토악질을 하고 있을지도 모른다.

어제까지만 하더라도 원활히 도로를 달리던 승용차나 버스는 단 한 대도 보이지 않았다.

차량을 통제하고 있지만 딱히 통제하지 않는다 해도 누구라도 이런 곳에 들어오고 싶어 하지 않을 것이다.

도로를 달리고 있는 것은 오직 트럭들뿐. 이 트럭들은 몬스터와 사람의 사체를 구별해 옮기는 운반 트럭이었다.

이번에 재현이 할 일이 바로 이것이었다.

재해 복구.

의뢰는 간단하다. 몬스터와 인간의 사체를 구별해 나누어 옮기기만 하면 되는 것이다.

실종자와 생존자를 찾으면 더 좋고 말이다.

어제 새벽에 쏟아진 비 덕분에 피가 하수구를 통해 많이 빠졌지만 아직 핏기는 여전히 남아 있었다.

예전의 모습을 되찾으려면 광범위하게 청소를 해야 하기 때문에 오래 걸리는 건 어쩔 수 없다.

'그나마 겨울인 게 다행이네. 푹푹 찌는 여름이었으면…….'

이 많은 양의 사체들이 빠르게 부패하여 전염병을 유발했을 것이다.

겨울이라서 부패 진행 속도가 느린 게 다행이었다.

이 정도면 악취도 덜한 편이었다.

재현은 고무장갑을 착용하고 몬스터 사체들을 우선적으로 나르기 시작했다.

어제 새벽 내내 소방관들과 경찰, 군인들이 사람들의 사체들만 따로 구분해서 옮긴 덕분에 인간의 사체는 별로 보이지 않았다.

재현은 정령들까지 총동원해 트럭 뒷 칸에 몬스터들을 실었다.

어느 정도 몬스터가 정리되면 바로 바닥이나 건물 벽에

묻은 피를 닦아 냈다.

운다인 덕분에 피를 닦아 내는 것은 금방이었다.

굳이 수도를 틀거나 잘 안 닦이는 것도 운다인이 한번 쓸면 말끔히 벗겨져 나갔다.

당연히 씻겨 낸 핏물은 하수도에 따로 버리고 있었다.

50분 일하고, 10분 쉬고의 반복.

꽤나 고된 노동이기 때문에 일에 나선 사람들의 이마에는 송골송골 땀이 맺혔고, 조금씩 수원 시내는 정리되어 가기 시작했다.

* * *

어느 정도 진정 국면이 보이고, 사체들이 정리되자 민간 봉사자들이 적극적으로 참여해 예전 수원역의 모습을 복구해 나갔다.

피로 점철된 도로는 예전보다 더욱 반질반질해졌고, 차량 통제가 풀리면서 다시 예전처럼 승용차와 버스가 도로를 달리고 있었다. 해외에서는 빠른 복구로 인해 또다시 이슈가 되기도 했다.

절망적이고, 죽음으로 가득했던 도시를 국민의 힘으로 빠르게 원래 모습으로 되돌렸다면서 극찬하기 바빴다.

큰일이 생기면 하나로 뭉치는 국민적 정서 때문일까.

기네스북에도 몬스터 참상이 일어나고 최단 기간에 복구한 사례로 등록되기도 했다. 그런데 최근 세계 각국에 이와 비슷한 일이 일어나기 시작했다.

인적이 드문 지역에서 나타나던 몬스터들이 도심 한가운데에서 비일비재하게 나타나기 시작한 것이다.

아주 드물게 도심에서 몬스터들이 나타나긴 했지만 그 규모가 갑자기 늘어나니 불안에 떨기 시작했다.

이에 대한 대처법? 없다.

몬스터들이 차원을 가르고 나타나는 것도 원인 불명.

20년 전부터 연구하는데도 지금까지 밝혀진 바 없는 현상이다.

빛의 기둥이 만들어진다든지, 차원의 균열이 생기든지.

몬스터가 출몰하기 전에는 무슨 형태로든 전조가 나타나기 때문에 도심에서 갑자기 이상한 현상이 있으면 안전한 곳으로 대피하라는 지시만 있을 뿐이다.

생존의 시대처럼 몬스터들이 대거 나타나는 게 아닌가 하는 의견도 네티즌 사이에서 많이 보이고 있을 정도다.

불안해서 어디 돌아다닐 수 있겠냐고 항의하는 사람도 적잖아 있지만, 딱히 대응할 수 있는 방법이 없다.

그저 위험이 나타나기 전에 피하는 것이 우선일 뿐이다.

그렇게 약 한 달 뒤. 사람들은 다시 평온을 찾기 시작했다. 이제 도심에서 나타난 몬스터들에 대한 기억이 슬슬 잊혀지고 있었다.

도심에 지나다니는 몬스터를 소탕하고, 청소하고, 사람들을 돕는다고 크리스마스는 그냥 건너뛰게 되어 버렸다.

윤정을 위해서 뭔가 이벤트를 하거나 알콩달콩 어디 놀러 가거나 할 생각을 해 봤는데, 사람을 돕는 게 우선이라며 모든 것을 거절당했다.

이런 면이 싫지는 않지만 그래도 내심 고민해서 말한 건데 서운한 감이 없잖아 있었다.

그래도 날이야 언제든 만들 수 있으니 금방 서운한 감정을 털어 버리고, 윤정의 의견에 적극 따라 주었다.

몬스터들에게서 민간인들을 지키는 것이 헌터에게 부여된 의무이자 명예!

딱히 명예욕은 없지만 좋은 일을 하는 것이기 때문에 보람찬 일도 꽤 됐다.

그리고 정신없는 12월이 지나고, 해가 바뀌어 1월이 되었다.

재현도 어느새 한 살을 더 먹어 20대 후반에 진입하게 되었다.

'한 살 먹는 게 이토록 커질 줄이야.'

20대 꺾일 때부터 슬슬 한 살을 먹을수록 커지는 것 같 았는데 어느새 30대가 다 돼 간다고 생각하니 확연히 달라 졌다.

이제 상급 헌터 심사도 두 달 남짓.

재현은 틈만 나면 자주 능력 측정을 하러 헌터 양성소에 가서 검사를 받아 봤다.

확실히 능력 수치가 늘긴 하고 있었지만 아직도 부족하 다고 한다. 이 속도라면 심사 날까지 절대로 맞추지 못한다 는 말을 들었다.

"나름 노력은 하고 있는데 허들이 엄청 높긴 하네."

과연 대한민국에 상급 헌터가 500명밖에 없는 이유를 알 것 같았다.

허들이 너무 높다.

어지간한 사람들은 절대 꿈도 꾸지 못하는 것이 상급 헌 터.

중급 헌터도 사람들이 알아주는 등급이긴 하지만 상급 헌터는 모두가 인정해 주는 등급이다.

대한민국에서 500여 명.

상위 1%의 엘리트로 취급되고 있으니 많은 이들이 우러 러보았다. 헌터에게 있어 상급 헌터란 하늘과도 같은 존재.

아무리 노력해도 중급 헌터에 머무는 이들이 부지기수이

니 당연하다면 당연한 반응이다.

매년 한두 명 정도 뽑힐까 말까 할 정도로 시험도 힘들다고 한다.

"재현이라면 분명 될 수 있을 거야!"

정령들이 옆에서 응원해 주었다. 이제 두 달밖에 남지 않은 심사.

계열마다 요구하는 측정 지수가 다르다.

재현의 경우 적합 판정을 받기 위해서는 위력과 순간 위력을 높이는 게 가장 좋은 수단이라고 한다.

변신 계열이 추가된 것에 따른 이유에서였다.

계열이 늘어나면 그만큼 요구하는 게 많아진다고 하니 어쩔 수 없는 법이다.

"에이, 내가 고민한다고 되는 것도 아니고. 그냥 죽도록 노력해야지."

재현은 침대에 몸을 내던지며 대자로 누워 버렸다.

백날 고민해 봐야 측정 지수가 높아지지 않는다.

머리만 아플 뿐, 해결되지 않는다. 오늘은 피곤하니 이대로 누워서 잠을 청하기로 했다.

눈을 감으니 금방 잠에 푹 빠져드는 재현이었다.

Chapter 06
다시 찾은 설악산

수원 시내가 다시 복구되고, 이제 다시 평온을 찾았다.

재현은 일이 마무리가 되기 무섭게 또다시 수련을 하기로 했다. 이번에 그가 향한 곳은 설악산.

몬스터 준동 이후로 아직 잔재하는 몬스터들이 있는 곳이지만 자연이 좋은 곳이기 때문에 재현은 그곳을 찾았다.

지리산은 너무 멀고, 그나마 가깝고 몬스터들을 사냥할 수 있는 설악산에 가는 게 낫겠다는 생각을 한 것이다.

설악산은 이제 몬스터 출몰 지역이 되어 헌터들이 많이 찾는 곳이 되어 버렸다.

워낙 광범위하고 몬스터들의 영역이 수십 개로 나뉘어져

있어 표지판도 일주일에 한 번 꼴로 최신화한다고 한다.

몬스터들도 영역 싸움을 하기 때문에 영역이 변하는 것이다.

따로 조사팀이 꾸려져 몬스터 영역을 조사하는 것 같았다.

'트롤과 오우거도 있네?'

B급 최상위 몬스터와 A급 최상위 몬스터도 있다.

다행히 이곳과 먼 곳에 위치하고 있었지만 재현은 감히 손을 대 보지 못하는 곳이다.

재현은 자신의 실력에 맞는 곳으로 향하기로 했다.

수련을 하러 왔지 사냥을 하러 온 것이 아니다.

설사 사냥을 목적으로 왔다고 해도 자신은 엄두도 내지 못할 녀석들을 잡으러 갈 생각은 추호도 없었다.

재현은 설악산에 설치된 검문소에 헌터증을 제시하고 등산을 시작했다.

오랫동안 수련을 하기 위해서 그의 짐도 그만큼 많았다. 그는 망설이지 않고 계곡으로 향했다.

비탈진 지형을 노임으로 하여금 널찍하게 땅을 판 후, 평평하게 만들었다. 그리고 그곳에 텐트를 설치했다.

땅이 얼어 제대로 파지지 않을 걱정은 하지 않아도 됐다.

노임은 땅의 정령. 땅이 얼었다 하더라도 포크레인처럼

흙을 펼 수 있었다.

재현은 올라가기 편하도록 계단을 만드는 것도 잊지 않았다.

지형상 몬스터라도 함부로 올 수 있는 곳이 아니지만, 안전지대가 아니기 때문에 텐트 주위로 함정을 설치하는 것을 잊지 않았다.

혹시 자신처럼 수련을 하기 위해 찾는 사람들이 왔다가 함정에 걸릴 것을 대비해 표지판을 세우는 것도 잊지 않았다.

함정을 설치하고 보니 꽤 그럴듯한 안전지대가 만들어졌다.

남는 공간에는 모닥불을 놓으면 괜찮을 것이다.

아무래도 산속인 데다 고도가 높은 덕분에 재현이라도 추위를 느끼고 있었다.

온도계를 확인하니 영하 15도.

일반적인 사람이면 수련이고 뭐고 다시 하산할 기온이다.

게다가 또 눈이라도 오려는 모양인지 하늘은 어두운 구름이 자리하고 있었다.

재현은 일단 모닥불을 먼저 피웠다. 올라오면서 마른 나뭇잎과 나뭇가지들을 들고 온 것이 크게 도움이 되었다.

또 노임이 땅속에 숨어 있는 나뭇가지들까지 따로 분류

해 준 덕분에 당분간 불 걱정은 없을 것 같았다.

주위에 널리고 널린 것이 나무들이다. 몬스터 준동 당시 전투 현장이었던 모양인지 부서진 나무들도 꽤 있었다.

계곡도 근처에 있는데 가파른 지형이라 몬스터의 기습에도 미리 대비하기에 더없이 좋은 곳.

이런 명당은 없을 거라 생각하며 재현은 일단 수련을 하기 전, 배부터 채우기로 했다.

금강산도 식후경이다.

배가 든든해야 무엇이든 할 수 있는 법.

재현은 모닥불을 피우고, 지지대를 만들어 물을 반쯤 채운 반합을 올려 두었다.

헌터가 되고 여러 번 야외에서 생활해 본 바, 통조림과 라면만큼 간편하고 좋은 식사는 없었다.

아예 요리를 해 먹는 것도 괜찮겠지만, 그러기에는 시간이 너무 오래 걸린다.

캠핑을 왔으면 모를까, 수련을 하러 왔기 때문에 간단하게 조리하고 휴대하기 편한 것을 가지고 오는 것이 현명하다는 걸 그간의 생활로 깨달은 것이다.

보글보글 끓는 물에 라면 수프와 건더기를 넣고 면을 넣었다. 그렇게 5분이 지나자 라면이 아주 잘 익었다.

재현은 숟가락으로 국물을 떠 마셔 보았다.

"크~ 이 맛이지."

이렇게 야외에서 먹는 라면은 집에서 끓이는 것과 차원이 다른 맛이 났다. 굳이 정화수를 넣지 않아도 감탄이 나올 만큼 맛이 있었다.

재현은 순식간에 면을 먹고, 국물까지 깔끔하게 마신 후, 설거지까지 했다.

오늘 점심은 이것으로 끝이었다.

그는 옷을 벗어 텐트 안에 가지런히 개어 놓은 후, 꽝꽝 얼어 있는 계곡물을 바위로 부수기 시작했다.

속옷 하나만 걸치고 있으니 확실히 추위가 더해졌다. 발은 시렵고, 몸은 덜덜 떨린다. 그러나 그는 숨을 크게 들이마시며 곧바로 입수했다.

"후우! 후우!"

갑자기 차가운 물에 들어오니 절로 거친 숨이 나왔다. 재현은 정령력을 끌어 올려 체온을 조절했다.

당장은 정령력을 조절해 체온을 높여 차가운 기운을 물렸지만, 서서히 정령력을 원래대로 되돌릴 생각이다.

정령력과 자연 친화력을 높이기 위해서는 자연 그대로를 받아들이는 게 가장 중요하다.

한여름에는 계곡물이 차다고 하더라도 덥기 때문에 그럭저럭 괜찮지만, 겨울에는 아주 죽을 맛이다.

고통스럽지만 어쩔 수 없는 일이었다.

탓하려면 사계절이 뚜렷한 한국의 계절을 탓해야 했다.

"애들아!"

몸을 깊숙이 담가 목만 나온 재현은 정령들을 불렀다. 그가 부르자 쪼르르 달려오는 정령들.

재현은 수련 전에 정령들에게 해야 할 일을 맡기는 것을 잊지 않았다.

"애들아. 나 수련하고 있을 테니까 근처에서 놀고 있어. 몬스터나 사람이 오면 내게 즉시 알려 주고. 메타이온은 텐트를 지켜 줄래?"

"알았어!"

"응……."

한창 들떠 이리저리 돌아다니고 있는 정령들. 메타이온은 그의 의견에 적극 찬성이었다.

정령들은 재현이 수련을 하는 동안 근처에서 놀다가 근처에 누군가 오면 재현에게 텔레파시로 위험하다고 알려 줄 것이다.

그가 안심하고 수련을 하러 올 수 있는 것도 다 정령들 덕분이다.

다들 하고자 하는 일을 찾아 이동하고, 재현은 물속에서 팔짱을 끼며 눈을 감았다.

목표는 상급 헌터 심사 전까지 수치를 끌어 올리는 것이지만, 조급하게 생각하지 말자고 생각했다.

조급해하다가는 쉽게 될 일도 그르치게 되는 법. 일단 머리를 식히고, 천천히 생각하며 수련하여 조금이라도 정진하는 것이 그의 목표였다.

*　　　*　　　*

재현은 하루는 단순했다.

아침에 기상하여 한 시간 동안 식사, 8시부터 오후 11시 30분까지 수련.

11시 30분부터 1시까지 점심 식사.

점심 식사 후 오후 5시까지 수련 후 저녁 식사다.

나머지 시간은 자유 시간이다.

수련으로만 가득한 빡빡한 일정이다.

조급해하지 않기로 했으면서 일정에서 조급해하는 게 느껴졌다.

점심을 먹고 수련을 시작한 지 어느덧 네 시간째.

재현의 눈이 떠지며 주위를 둘러보았다.

언제 눈이 내렸는지 그의 머리 위에 소복이 눈이 쌓여 있었다.

또 시간이 오래 지났다는 걸 증명하듯, 수련 전에 깨부쉈던 얼음이 다시 얼어 재현의 몸을 가두고 있었다.

"이런, 물이 다시 얼었네."

낑낑거리며 빠져나오려고 했지만 어찌나 꽝꽝 얼었는지 옴짝달싹하지 못하는 상황이었다.

"재현이가 못 빠져나온다!"

"까르르!"

이런 상황이 웃긴 모양인지 운다인과 썬다이넨이 까르르 웃었다.

노임은 소리 내어 웃고 있지 않지만 고개를 돌리면서 어깨가 들썩거리는 걸 보니 조용히 웃고 있는 것 같았다.

"얘들아, 좀 꺼내 줘!"

재현은 웃지만 말고 꺼내 달라고 했지만, 배꼽 잡고 웃느라 정신이 없었다. 하는 수 없이 재현은 정령화를 썼다.

그는 얼음 밑에 있는 물을 아래에서 위로 솟구치게 하여 얼음을 깨부숴 계곡 물에서 빠져나올 수 있었다.

"너희들~~!"

재현이 팬티 바람으로 빠져나오고, 홀딱 젖은 모습에 정령들이 더욱 까르르 웃었다.

"재현이가 화났다!"

"도망쳐!"

갑자기 때아닌 술래잡기.

진짜로 화난 건 아니지만 그래도 서운한 감이 없잖아 있었다.

재현은 계곡물에서 빠져나오며 정령들을 잡아 꽉 붙들었다.

"내 분노를 받아라!"

재현은 자신이 느낀 서운함을 모두 담아 턱에 정령력을 씌우고, 정령들의 머리를 꾹꾹 눌렀다.

"꺄아꺄아!"

"아하하하! 아파!"

"아파요!"

다들 나름 고통스러워했고, 이제 재현도 지쳤기 때문에 이쯤에서 그만두었다.

그는 젖은 몸을 이끌고 텐트로 올라왔다.

"운다인. 몸의 물기 좀 없애 줘."

"알았어."

굳이 수건은 필요 없었다.

운다인이 재현의 몸에 있는 물기를 전부 모아 계곡에 다시 버리는 걸로 끝이었다.

언제 젖었냐는 듯 재현의 몸은 다시 뽀송뽀송해졌다.

그는 편한 옷으로 갈아입고 모닥불을 피워 반합에 물을

채우고 즉석 카레 요리를 집어넣었다.

다른 곳에서는 밥을 지었다.

재현은 불이 꺼지지 않게 장작을 계속 넣으면서 몸을 녹였다.

"살 것 같다."

그는 한동안 몸을 녹이고 어느 정도 시간이 지나자 반합을 다시 열었다.

밥은 물론이고 즉석요리도 다 되었다.

김이 모락모락 피어오르며 새하얀 쌀밥이 그의 눈앞에 펼쳐졌다.

그는 카레를 밥에 비벼 먹었다.

식사를 마치고 설거지까지 다 하니 어느새 어둠이 내려 앉았다.

산속의 어둠은 빨리 내려앉는다.

"몬스터들이 불빛을 보겠다. 노임. 모닥불 좀 꺼 줄래?"

"네."

노임은 모닥불에 흙을 덮어 모닥불을 껐다.

이런 산속에서 어두운 밤에 불을 피우는 것은 위험천만한 일이다.

몬스터들에게 '나 여기 있소!' 라고 알리는 꼴이다.

식사도 끝냈겠다, 재현은 텐트 안으로 들어갔다.

정령들은 재현의 자리만 남기고 벌써 자리를 꿰차고 누워 있었다.

그는 녀석들이 비워 준 자리에 눕고 침낭을 덮었다.

휴대폰을 확인하니 윤정에게 여러 통의 문자가 와 있었다.

[오늘 뭐 하고 놀았어?]

답장을 보내고 난 후, 재현은 정령들과 얘기를 나누었다.

정령들과 대화는 반드시 필요한 것.

서로 신뢰를 쌓는 것도 있었지만 이것도 일종의 수련과 같았다.

정령들을 소환하고 대화하는 것만으로도 친화력과 정령력이 늘어나기 때문이다.

*　　　*　　　*

산속에서 생활한 지 어느덧 2주라는 시간이 지났다.

재현은 늘 같은 일과를 보내면서 텐트 밖으로 나왔다.

차가운 공기와 푸른 기운이 머무는 새벽.

한겨울 폭설이 내리고 간 설악산은 새로운 광경을 보이고 있었다.

소나무 위로 쌓인 눈은 나름의 멋을 자랑하고 있었다.

어제부터 내린 눈으로 인해 주변은 온통 백색이다.

텐트 지붕이 가라앉아 혹시나 했는데 눈이 쌓여 있던 것이다.

잠시 소강 상태에 접어든 것 같지만, 하늘을 보아하니 또 한바탕 쏟아질 것 같았다.

재현은 텐트가 무너질까 지붕에 쌓인 눈을 얼른 걷어 냈다.

정령들도 일어나서 재현과 함께 밖을 나와 보았다.

"우와. 눈 엄청 내렸다."

"눈 속에 파묻히기 전에 치워야 할 것 같아."

썬다이넨은 텐트 옆쪽으로 쌓인 눈들을 바라보았다. 발목까지 쌓인 눈은 언제 텐트를 덮칠지 모르는 상황이었다.

오늘은 수련 대신 눈을 좀 걷어내야 할 것 같았다.

까딱 잘못하면 잘 자다가 눈이 덮칠지도 모르니까.

그는 혹시나 해서 가져온 삽으로 눈을 걷어 내는 작업을 시작했다.

아침을 먹기 전 운동을 겸하기로 했다.

정령들도 각자 나름대로 눈을 걷어 내는 일을 하고 있었다.

한동안 계속하니 꽤 많이 걷어 냈지만, 아직 위쪽은 끝내지 못했다.

슬슬 힘에 부칠 때 재현은 운다인을 바라보았다.

운다인은 손으로 걷어 내고 있었다.

"그러고 보니 운다인. 눈은 물이 얼어서 만들어지는 건데 이건 조종 못 해?"

운다인이 손에 든 눈들을 버리며 대답했다.

"녹이면 가능하겠는데, 완전히 얼어 있는 상태에서는 불가능해. 얼음의 정령이 괜히 있는 게 아니니까."

"그렇구나."

불가능하다고 하니 별수 있나. 만일 가능했으면 운다인이 처음부터 해결해 줬을 것이다.

노임은 흙을 조종해 눈을 아래로 쓸어내리는 작업을 했다. 덕분에 일은 수월하게 끝낼 수 있었다.

일을 끝내고서 재현은 아침을 준비를 서둘렀다.

흙으로 덮은 모닥불 주위를 다시 파내고 어제 천으로 덮어 두었던 마른 나뭇가지와 나뭇잎들을 넣었다. 불을 피우기 위해 라이터는 필수.

순식간에 모닥불을 완성한 재현은 반합에 물을 넣고 보글보글 끓였다.

오늘은 여유롭게 먹기 위해 일찍 일어났다.

불이 보글보글 끓자, 반합에 김치와 돼지고기를 투하했다.

이번에 그가 만드는 것은 김치찌개!

야외에서 먹는 김치찌개는 또 다른 별미였다.

밥도 따로 짓고, 얼른 되기를 기다리며 뚜껑을 닫았다.

어제 물이 떨어져 물을 채우기 위해 계곡물로 향한 재현.

역시나 계곡물은 꽝꽝 얼어 있었다.

고작 몇 시간 만에 얼어 버린 계곡물!

온도계가 깨진 것을 보니 어지간히도 춥긴 추운 모양이
다.

재현은 바위를 번쩍 들어 계곡에 언 얼음을 향해 던졌다.

쿵!

"……."

얼마나 단단히 얼었던 것인지 얼음은 금만 갔을 뿐, 깨지
지 않았다.

몇 차례 시도 끝에 간신히 얼음을 부수고, 물을 뜰 수 있
었다.

플라스틱 병 여러 개에 나누어 담은 그는 병을 한 아름
들고 운다인의 앞에 내려놓았다.

"운다인. 부탁할게."

"응, 맡겨 둬!"

운다인은 재현이 가지고 온 물병들을 모두 정화했다.

빨간색 뚜껑은 치료수로, 파란색 뚜껑은 정화수로 만드

는 것도 잊지 않았다.

재현은 비어 있는 플라스틱 병들을 전부 가지고 가서 물을 나른 후, 운다인에게 부탁했다. 덕분에 많은 양의 치료수와 정화수가 만들어졌다.

치료수는 만일의 상황에 대비한 것이고, 대부분은 정화수로 만들었다.

재현은 일단 정화수로 목을 축이고 나서 밥이 잘 되었는지 확인했다. 딱 적절하게 익은 밥과 김치찌개!

재현은 만족스럽게 웃으며 게걸스럽게 먹기 시작했다.

이런 추운 날 빨리 먹지 않으면 금방 식어 버리기 때문에 최대한 따뜻할 때 많이 먹으려는 것이다.

한창 즐겁게 식사를 하고 있는데 운다인이 그의 어깨를 쳤다.

"재현아. 누군가 이쪽으로 오고 있어. 몬스터는 아닌 것 같아."

운다인은 위쪽을 바라보고 있었다. 재현의 시선도 자연스럽게 위로 향했다.

이동하기 편하게 계단을 만들어 놓았는데, 누군가 그것을 발견하고 내려오고 있는 것 같았다.

재현의 시선에 남녀 두 명이 포착되었다. 여성은 지친 듯 내려오고 있었고, 남성은 앞장서서 내려오고 있었다.

복장을 보아하니 헌터구나 생각했는데, 곧 재현의 입이 떡 벌어졌다. 계단을 내려오고 있던 남녀도 어느새 재현과 눈이 마주쳤다.

그들도 재현과 다를 바 없는 표정을 짓고 있었다.

"너, 너는?!"

남성이 먼저 반응을 해 왔다. 그들은 서로 구면이었다. 재현도 잊으려야 잊을 수 없는 이들이었기에 그들의 얼굴을 기억하고 있었다.

재균과 미경.

포레스트라는 블랙 길드 소속의 헌터로, 초급 헌터였던 재현에게 몹몰이 범죄를 하려다가 재현에게 똑같은 방법에 당했던 자들이었다.

* * *

재균이 너클을 장착하고 재현을 향해 적의를 보였다.

재현은 들고 있던 반합과 수저를 내려놓고 그들을 노려보고 있었다.

설마 이곳에서 저들을 만나리라고는 전혀 예상치도 못했다.

재현도 그들과 마찬가지로 반가움보다는 적의를 먼저 보

여 왔다.

악연으로 시작했으니 반가울 리 없었다.

"이 새끼, 잘 만났다. 안 그래도 언젠가 복수해 줄 속셈이었는데 이렇게 만나는구나."

재균이 주먹을 꽉 움켜쥐며 계단을 내려온다.

재현은 기가 막힌 표정으로 그를 바라보았다.

'자기가 먼저 시작해 놓고 아주 당당하네.'

계속 수련만 해서 안 그래도 좀 심심했는데 마침 잘되었다는 생각이 들었다.

예전이었으면 모를까, 지금은 조금도 무섭지 않았다.

같은 중급 헌터.

아니, 오히려 재현이 그들보다 훨씬 앞서 있다고 보는 게 옳았다.

설마 저들은 재현이 상급 헌터를 노리고 있다는 것을 예상하지 못하고 있을 것이다.

'저들이 아무리 실력이 늘었다 하더라도 나보다 못하겠지만.'

그런 생각을 하고 있는 재현을 흠씬 패려고 내려오는 재균.

그러나 미경이 재빨리 내려와 그의 팔을 붙잡았다.

"가지 마. 저 녀석, 예전과 달라."

"무슨 소리야?"

미경은 말없이 정령들을 바라보았다.

저들은 재현과 처음 마주했을 때 운디네와 썬더러만 보았었다.

하지만 지금은 두 명이 더 추가되었고, 중급 정령으로 진화한 상태다.

한눈에 봐도 예전과 달리 결코 만만히 볼 수 없다는 것을 눈치챈 것이다.

"확실히 예전보다 강해지긴 한 모양인데. 그래 봤자 얼마나 강해졌겠어."

조심스러운 미경과 반대로, 재균은 비웃으며 그녀의 손을 뿌리쳤다.

재현은 뭘 믿고 저렇게 오고 있나 생각했다.

"그 이상 다가오면 좀 꼴사나운 꼴을 보게 될 거야."

"누가? 내가?"

"응."

그건 또 무슨 허세냐며 가소로운 듯 씩 웃는 재균. 녀석이 발을 내딛자, 순식간에 미끄러졌다.

노임이 순식간에 계단을 깎아 높이를 바꿔 버린 것이다. 예상치 못한 일에 재균이 중심을 잃고 계단에 굴러떨어졌다.

보기 좋게 재현의 앞까지 구른 재균. 다행히 어디 다치지 않았지만 얼굴이 붉으락푸르락 변해 있었다.

"이 새끼가?!"

재균이 주먹을 들어 그의 몸을 가격하려고 했다.

능력을 사용한 주먹.

평범한 인간이라면 그 주먹에 잘못 맞으면 바로 저승행일 것이다. 하지만 재균도 나름 이성적으로 생각할 수 있는 사람이다.

그저 방어구부터 부수려는 의도로 힘껏 때렸다. 라이트 아머에 로브를 붙인 개량형이다. 저 정도면 쉽게 부술 거라 생각하고 나름 힘까지 조절했다.

까아아앙!

녀석의 주먹이 부딪치며 금속이 계속 공명했다.

여러 번의 진동이 느껴지고, 파르르 떨린다. 그 진동이 재현에게까지 전해졌다.

이제 녀석의 방어구가 산산이 부서질 것이라고 생각하는 재균. 하지만 그의 방어구는 멀쩡했다.

"뭐, 뭐야?!"

재현은 당황하는 그를 바라보며 낮게 말했다.

"먼저 때렸으니 정당방위지?"

재현은 당황하고 있는 녀석의 팔목을 붙잡고, 정령화를

하여 전류를 흘려보냈다.

"끄아아악!"

재균의 비명이 지천에 울렸다.

"이 정도 가지고 엄살은."

사람이 죽지 않을 정도로, 정신을 잃지 않게끔 흘려보내는 전류다.

주먹에 맞는 것과 감전되는 것은 느낌부터 다르다.

주먹이야 맞으면 아프긴 하지만 바로 대응할 수 있다. 하지만 감전되는 것은 전혀 그럴 수 없었다.

꾸준히 같은 전력으로 흐르기 때문에 고통만 가중되어 벗어나고 싶다고는 생각해도, 저항할 생각은 못 했다.

'고작 이런 녀석에게 내가 당했단 말이야?'

기가 막힐 따름이다.

예전에는 일대일로 싸우면 필패라고 생각했는데 이제 이런 녀석이 몇 명이 와도 무섭지 않았다.

오히려 압도적으로 제압할 수 있을 거란 자신감이 있었다.

'역시 헌터는 힘이 있어야 돼.'

힘이 곧 권력이자 생명과 직결되는 곳이 헌터의 세계. 약육강식의 세계란 그런 법이다.

"그, 그만!"

미경이 재현에게 소리친다. 그녀는 그에게 단검을 겨누고 있었다.

텔레키네시스 능력자이기도 한 그녀의 주위로 단검이 둥둥 떠다니고 있었다.

재현은 재균의 팔목을 놓지 않은 채 그녀를 노려보았다.

"내가 왜?"

"안 놓아 주면 가만 안 둘 거야!"

"그래? 그럼 어디 한번 해 봐."

오히려 공격해 보라는 여유를 부리는 재현.

미경이 움찔거리며 공격을 망설였다. 검을 겨누고 있는데 전혀 능력을 쓸 생각을 못 하고 있었다.

"내, 내가 정말 공격 안 할 줄 알아?!"

"그러니까 해 보라고. 먼저 때린 놈이 반은 이기고 시작하는 거야."

물론 그것도 통할 때의 이야기이다.

정령들은 전투 의지를 내보이고 있었다.

운다인과 썬다이녠은 그들을 마주해 잘 알고 있지만 메타이온과 노임은 상황을 전혀 모르고 있었다. 하지만 결코 좋은 관계가 아니라는 것을 직감하고 있었다. 무엇보다 메타이온과 노임이 느끼기에 그들은 좋은 사람들이 아니었다.

이제 재현은 더 이상 약자가 아니다. 상대를 압도할 수 있는 강자다.

예전에 이들이 자신에게 알려 준 것처럼 자신도 알려 줄
필요가 있다.

'이번에는 내가 직접 병원 신세를 지게 만들어 주마.'

예전에는 몬스터들을 이용해 병원 신세를 지게 만들었다
면, 지금은 자신이 직접 만들게 해 줄 생각이다.

이제 위아래가 뒤바뀌었다는 걸 알려 줄 필요성이 있다.

그의 눈이 번들거리며 죽일 듯 노려보고 있다. 그의 눈은
진심이었다.

'뭐, 뭐야. 저 눈…….'

지금까지 느끼지 못한 공포가 그녀의 마음을 장악한다.
재현의 눈은 말 그대로 포식자의 것과 같았다.

지금껏 그녀가 마주친 몬스터들보다 강력한 살의였다.
몬스터가 아닌 같은 인간에게 공포를 느끼게 될 줄이야.

그녀의 손이 덜덜 떨리더니 곧 손에서 단검이 떨어져 나
갔다.

주위로 돌고 있던 단검도 땅에 떨어지며 다리에 힘이 풀
린 듯 털썩 주저앉았다.

재현은 콧방귀를 뀌더니 재균의 팔목을 놓고 발로 뻥 차
버렸다.

나무에 등이 부딪치고, 엎어진 재균.

혈류를 타고 흐른 전류 때문인지 자신의 의지대로 움직일 수 없었다.

재균은 고통스러워 하면서도 재현을 노려보고 있다.

근성은 인정해 줄 만한 사람이었다.

미경은 풀린 다리로 천천히 계단을 내려오며 그를 부축했다.

"비겁하게 전류를 사용하고……."

"몹몰이 범죄는 비겁한 게 아니던가? 아, 그건 비겁한 게 아니라 치졸한 거였지."

절대 한마디도 질 생각이 없는 재현.

유치하다면 유치할 수 있지만, 이 녀석에게 무엇이든 간에 지는 기분을 맛보기는 싫었다. 오히려 상대를 너무 압도적으로 이기니 허무함마저 들 정도였다.

상대가 너무 약하게 느껴질 정도로 강해졌다. 새삼 이렇게 보니 자신이 엄청 강해졌다는 걸 느낄 수 있었다.

'그러고 보니 이 녀석. 같이 온 동료 헌터들하고 C급 몬스터 여럿에게 당해서 병원 신세를 졌었지.'

정작 재현은 몇 마리가 몰려와도 상대할 수 있는데 말이다.

이렇게 보니 노력보다 타고난 재능이 더 무서운 것 같기도 했다.

"크윽, 개자식! 이렇게 된 건 너 때문이야……! 너 때문이라고!!"

재균이 눈물을 머금으며 온갖 분노를 그에게 표출했다.

머리에 스턴 건이라도 맞았냐고 말하고 싶었지만, 전류가 온몸 구석구석을 누볐으니 뇌에도 이상이 올 수 있겠구나 생각했다.

"우린 헌터에서 잘리고, 처벌 받고, 길드까지 없어졌어!"

재현은 그래서 뭐 어쩌라는 표정으로 조롱하듯 말했다.

"아주 잘된 일이네. 블랙 길드도 없어지고, 블랙 헌터도 잘리고. 한국이 아직까지는 살 만한 나라긴 하네. 범죄자들을 제대로 처리해 준 걸 보니. 역시 민중의 지팡이라니까."

녀석에게는 포레스트 길드가 생계 수단이었을 것이다. 그곳에서 벌어들이는 불법적인 자금도 있었을 테니 말이다.

생계가 막막해졌다는 건 안타깝게 여길 일이지만, 넓게 생각하면 남에게 피해를 끼치며 돈을 번 녀석들이다.

해악을 끼치는 길드가 없어지다니. 참 잘된 일이 아니던가.

그러고 보니 블랙 헌터들을 근절시키겠다며 정부 차원에서 조사가 이루어졌다는데 그들도 걸린 모양이다.

그런 막돼먹은 길드. 없어졌으면 좋겠다 생각했는데, 없어지니 통쾌하기 짝이 없었다.

십 년 묵은 체증이 가라앉는 기분이었다.

"그래도 이렇게 몬스터 출몰 지역에 온 걸 보면 어떻게 든 생계를 이어 가고 있긴 한 모양이지? 민간 헌터 회사에 들어갔다거나."

그들은 중급 헌터인 데다 실력도 있으니 민간 헌터 회사 에서 좋다구나 영입했을 것이다.

불명예적인 일로 나왔기 때문에 여러 가지로 제한이 따 르고 불이익이 있을 것 같지만 알 바 아니다.

어차피 죄를 지은 만큼 받게 된 것이다.

"아직도 연락되는 녀석들 있다. 반드시 복수할 거다. 밤 길 조심하는 게 좋아. 언제 우리가 네 뒤통수를 노릴지 모 르거든."

"그러시든가. 언제든지 환영이야. 아주 묵사발로 만들어 줄게. 몇 명이 몰려오든 마찬가지야. 이번에는 폭죽이나 그 런 걸 사용하지 않고 직접 다 싸워 줄게."

재현은 자신감을 표현하며 손을 휘이휘이 저었다.

"그럼 이제 몸 풀렸으면 꺼져. 너희들 얼굴 보는 것도 역 겨우니까."

아직 제대로 몸을 가누지 못하는 재균을 미경이 부축하 며 사라졌다.

재균은 반드시 복수하겠다는 듯 눈을 부릅뜨고 있었지만, 조롱하듯 웃어 주기만 할 뿐이다.

이게 강자만이 가질 수 있는 여유구나 생각했다.

녀석들이 시야에서 사라지자 재현은 콧노래를 흥얼거렸다.

좀 허무한 결말이지 않은 감이 없잖아 있지만, 그건 그들이 너무 약해서다.

자신이 얼마나 강해졌는지 녀석들로 하여금 확실하게 알 수 있었으니 기분 좋게 다시 식사를 하기로 했다.

허나 그 기분도 잠시였다.

그는 땅에 내려놓았던 반합의 내용물을 보고 힘이 빠진 표정이 되었다.

"얼었잖아."

뜨거웠던 김치찌개가 식은 것도 모자라 얼음 알갱이가 둥둥 떠다니고 있자 그가 인상을 찡그렸다.

이럴 줄 알았다면 아예 묵사발로 만들어 버릴 걸 그랬다고 뒤늦게 후회하는 재현이었다.

Chapter 07
어둠의 정령

수련을 위해 설악산에 온 지 벌써 3주째.

　어느새 1월 중순이 되었다. 추위는 여전히 매섭고, 엊그제만 하더라도 눈이 펑펑 쏟아졌다.

　강원도에서 눈이 어찌나 많이 오던지…….

　눈이 너무 많이 와 하루 종일 제설하는 데 시간을 보낸 적도 있었다.

　수련도 좋지만 운동을 해 주는 것도 중요한 일이다.

　그는 간단하게 운동을 한 후에 바로 수련에 임했다.

　사악—!

　목덜미를 뭔가가 훑고 지나가는 느낌과 누군가가 바라보

는 시선에 재현이 화들짝 놀라며 뒤를 돌아보았다.

그러나 그의 뒤에는 아무것도 보이지 않았다. 짙은 암흑만 가득할 뿐이다. 야간이라서 시야가 잘 구별되지 않는 것도 있었다.

"왜 그래?"

한창 수련을 하던 재현에게 다가오는 운다인. 재현은 고개를 저었다.

"아니, 아무것도 아냐."

"걱정돼서 그래. 재현이 얼굴이 살짝 파래졌어."

최근 재현은 수련에 집중이 잘 되지 않는 듯, 몸을 자주 움직이거나, 갑자기 눈을 뜰 때가 많았다.

잠을 잘 때도 마찬가지였다. 갑자기 악몽이라도 꿨는지 벌떡 일어나는 경우도 허다했다.

딱히 어딘가 아프거나 한 것은 아닌데 집중을 하지 못하니 남모를 고민이라도 있나 싶었다.

재현은 머리를 긁적이며 대답했다.

"최근 잠자리가 불편해서 그런 것 같아. 그리고 누군가가 지켜보고 있는 것 같아서 말야."

운다인이 갸우뚱거리며 재현이 바라본 곳으로 시선을 향했지만 딱히 보이거나 느껴지는 것은 없었다.

야간에는 소리가 훨씬 더 넓게 퍼진다. 기척도 전혀 들리지 않았다.

"아무것도 없어요."

혹시나 싶어 노임이 기감을 넓게 펼쳐 대지에 움직임이 있나 확인해 봤지만, 잡히는 게 없었다.

"그럼 잠자리가 불편해서 그런 거네."

재현은 그렇게 생각하면서도 자리에 일어났다. 그래도 혹시 모르는 일이니 주위를 둘러보자고 생각했다.

"일단 정찰해 보고 올게."

"이 야밤에?"

야밤이라고 해야 할까?

이제 오후 일곱 시이지만 벌써 해가 진 지 오래됐기 때문에 주위는 온통 암흑천지다.

재현은 그래도 혹시 모르니 정찰하고 오겠다고 말하며 랜턴을 챙겼다.

"난…… 여기 남아 있을게……."

메타이온이 남아 텐트를 지키고, 나머지 정령들이 재현의 곁으로 와 같이 정찰을 했다.

주위에 누군가가 왔다는 흔적은 전혀 없었다.

'혹시 그 여자 아니야?'

미경의 능력 중 하나인 유체이탈. 육체에서 영혼만 빠져나와 주위를 정찰하는 용도로 쓸 수 있는 능력이다.

능력을 사용할 경우, 육체는 절대 움직일 수 없으니 안전한 곳에서만 사용해야 된다.

그러나 여기서 의문인 것이 있었다.

'예전의 나는 약해서 못 알아챘다고 생각하면 되지만 지금의 운다인이 그 여자의 능력을 모를 수 있나?'

그 당시 가장 먼저 알아차린 것은 운다네.

운다인인 지금 절대 모를 수 없다. 오히려 그녀가 능력을 사용해 접근했다면 가장 먼저 알아차렸을 것이다.

그런데 운다인이 모르고 있는 것을 보면 그녀는 아닌 것 같았다.

'하기야, 이제 나한테 걸리면 죽도 안 된다는 걸 알았는데. 찍히긴 싫겠지.'

알게 모르게 괴롭히고 있는 거라면 합격점이다. 다만 만일 그녀가 했다는 정황이 잡히면 그때는 가만두지 않을 생각이다.

가파른 길을 조심스럽게 이동하며 설치한 함정들도 둘러보고, 보강도 했다.

전체적으로 누가 접근한 흔적이나, 뭔가가 함정에 걸리지는 않았다.

오히려 어디 하나 부러진 곳 없이 새것처럼 멀쩡했다.

이곳은 생각 외로 사람들이나 몬스터가 잘 오지 않는 곳이었다.

만일을 위해 함정을 설치해 뒀었는데 한 마리도 지나간 적이 없으니 말은 다한 셈이다.

"아무도 없어."

"그러게."

몬스터도 접근해 온 적이 없어 발자국도 찍혀 있지 않았다.

재현은 혹시나 싶은 마음에 더 둘러보고 나서 아무런 흔적도 발견하지 못하자 머쓱한 표정으로 다시 텐트로 돌아갔다.

텐트에 돌아오니 메타이온이 쿨쿨 잘도 자고 있었다.

"우리도 들어가자!"

"오늘은 내가 재현이 옆자리!"

"저, 저도 오늘은 옆에서 잘 거예요!"

텐트를 열기 무섭게 재현의 옆자리를 차지하기 위해 비좁은 입구를 비집고 들어가는 정령 셋.

그가 가운데에 눕는 덕분에 두 명의 정령이 그의 옆자리를 차지할 수 있다. 다만 나머지 두 명은 자연스럽게 구석에 눕게 된다.

정령들은 추위를 느끼지 않아 추위와는 상관이 없지만 재현의 옆에 눕는다는 것 하나로 살벌한 자리 쟁탈전이 벌어지고는 했다.

하급 정령일 때는 모두 옹기종기 모여 그의 배 위에 올라가 누우면 됐겠지만, 덩치가 커진 지금은 그것이 불가능했다.

오늘같이 메타이온이 먼저 재현의 옆에 자리를 잡아 누우면 이렇게 경쟁에 불이 붙는다.

'가위바위보로 결정하면 될 것을 가지고.'

그런 쉬운 결정 방식은 뒤로하고, 결국 재현의 옆자리를 차지하게 된 건 가장 먼저 비집고 들어간 운다인.

약간 원망스럽다는 표정으로 메타이온을 바라보는 썬다이넨과 노임.

재현은 의기양양한 표정으로 자리를 차지한 운다인을 보고 장난기가 발동했다.

"오늘은 구석에서 자 볼까?"

그 한마디에 울상이 되어 버린 운다인의 모습에 재현은 자신도 모르게 하하 웃었다.

*   *   *

이제 슬슬 집으로 갈 날이 얼마 남지 않게 되었다.

한 달을 잡고 왔기 때문에 2월이 되는 순간 바로 집에 갈 생각이었던 재현. 이제 일주일도 남지 않은 상황.

진전이 있었냐고 물어본다면…… 하산해서 확인해 봐야 알 수 있었다.

급할수록 돌아가란 말을 떠올리고 최근 들어 여유를 가지고 하는 일이 늘었다.

악몽도 자주 꾸고, 예민해진 것도 같기 때문이다.

도움이 되었느냐고 생각하면 도움이 되었다고 말할 수 있는 정도는 아니다.

나름의 여유가 생긴 것뿐? 그것 외에는 딱히 없었다.

여유를 가지고 수련을 한 후, 재현이 눈을 떴다.

하늘을 바라보니 웬일로 맑게 개어 있었다.

시간을 확인하니 저녁이 되기까지 조금 남았다.

눈이 올 것 같지도 않고, 바람도 잘 안 불었다. 겨울치고 포근한 날씨였다.

정령들은 다들 정령계로 돌아간 상황이었다.

3일 내내 소환하니 제아무리 재현이라고 해도 정령력이 바닥을 보였기 때문이다.

덕분에 오늘은 풍부한 정령력을 바탕으로 수련을 시작했다.

만일의 사태가 발생하면 정령들을 부를 것이다.

물론 지금껏 몬스터를 만나지 못해 그럴 일은 거의 없어 보이긴 했다.

"후읍!"

재현은 폐부 깊숙이 찬 공기를 들이마셨다. 그리고 정령화를 사용했다.

모든 증표에서 빛을 발하며 그의 몸으로 번지기 시작했다.

정령화는 생각보다 많은 정령력을 요구한다.

재현이 최근 알아낸 바로는 정령력의 소비를 크게 하고, 다시 채우는 것이 정령력을 늘리고, 친화력을 쌓는 데 효율이 좋은 것이다.

재현은 정령화를 사용해 각종 기술을 사용했다.

운다인의 웨이브 커터처럼 물로 날카로운 칼날을 만들어 내 바위를 향해 날린다거나, 흙을 조절하여 텐트 주변을 좀 더 보강하거나.

휘날리는 사철은 전류를 사용해 검을 만들어 내며 휘둘러보기도 했다.

한동안 그렇게 하고 있다가 다시 정령화를 풀어 원래대로 돌아왔다.

그의 정령력 탱크는 이제 거의 고갈 상태에 이르렀다.

조금만 더 사용하면 기절하게 될 것이다.

약간의 공격을 할 정령력만 남았다.

혹시 몬스터가 갑자기 올지도 모르니 그만큼의 정령력을 남겨 둔 것이다.

재현은 정화수를 마셔 일단 정령력을 회복시키기로 했다.

기절을 하지 않기 위해서 그의 몸에 흐르던 정령력도 최소화되어 지금까진 느껴지지 않던 추위가 느껴졌다.

혹시나 해서 이것저것 껴입을 것과 따뜻한 침낭을 가지고 온 것은 정답이었다.

식사 준비를 하고 있으니 어느새 주위가 어두워졌다.

하늘을 바라보니 맑게 갠 날씨 덕분에 별빛이 잘 보였다.

네온사인으로 가득한 도시에서 보이지 않던 별들이 보였다.

불빛이라고는 거의 찾아볼 수 없는 산이니 불빛이 잘 보였다.

식사를 하면서 하늘을 바라보고 있자니 별똥별 하나가 사선으로 휙 지나갔다.

"군대에 있을 때 말고 본 적 없는데."

근무를 서고 있을 때 간혹 보던 별똥별.

민간인이 되고 이리 치이고, 저리 치이느라고 밤하늘을 구경할 일이 없었다. 헌터가 되고 나서도 마찬가지다.

돈을 벌겠다고 지금처럼 어느 이름 모를 산에 틀어박혀

있는 날이 많았는데 정작 밤하늘은 잘 보지 않았다.

여유가 없었다고 할까. 막상 여유를 가지니 작은 것까지 볼 수 있었다.

한동안 바라보고 있다가, 국물이 식겠다며 다시 허겁지겁 해치우는 재현.

밥을 배불리 먹고, 랜턴을 켜 계곡으로 향해 간단하게 설거지를 했다.

"손 얼겠네. 손 얼겠어."

정령력이 부족한 나머지 지금 추위도 느끼고 있는데, 계곡물에 손을 담가 보니 아주 죽을 맛이다.

이러다 동상이라도 걸릴까 재현은 반합을 한쪽에 치워 두고 모닥불로 손을 녹였다.

그렇게 손과 몸이 녹았을 때쯤 되니 완전히 어두워져 버렸다.

불빛을 보고 몬스터들이 찾아올 수 있기 때문에 흙을 덮어 꺼 두는 것도 잊지 않았다.

랜턴의 밝기를 조절해 대충 보일 정도로 켜 두고서 텐트의 출입구의 지퍼를 열었다. 내부를 비추자 재현은 피식 웃었다.

"적적하네."

늘 사용하던 공간. 정령들이 있을 때도 넓었지만 아무도 없으니 적적함마저 느껴졌다.

오늘은 혼자 자야 한다고 생각하니 조금 외로운 감이 없 잖아 있었다.

그래도 내일부터는 소환할 수 있기 때문에 상관은 없지 만 많이 외로운 저녁이 될 것 같았다.

'텔레파시로 대화하면 그나마 덜해지겠지.'

주변에 없다 해도 외로움을 달랠 수 있는 방법이 아예 없 는 건 아니지만 말이다.

텔레파시를 보낸다고 해서 정령력이 소비되는 것도 아니 다. 무엇보다 그것도 안 되면 윤정하고 휴대폰으로 대화하 면 될 일이다.

배터리가 나가지 않도록 계속 충전하고 있기 때문에 교 체했을 때 외에는 한 번도 꺼진 적이 없었다.

사아아악—!

갑자기 바람이 불어왔다. 재현은 갑작스럽게 부는 매서 운 겨울바람에 얼굴을 막았다.

그러면서 오싹한 기분이 들어 재현은 자신도 모르게 전 투 자세를 취했다.

언제 어디서 몬스터가 나타나도 대처할 수 있는 자세다. 오랫동안 헌터계에 있었던 덕분에 너무도 자연스러웠다.

기척을 읽어 내기 위해 주위를 둘러보고 기감을 넓혔다.

하지만 딱히 잡히는 것은 없었다.

그냥 자연 바람이 불어온 것에 반응한 것 같았다.

"기분 탓이겠지."

너무 예민해졌다고 생각하며 재현은 피식 웃고는 신발을 벗으려는데 텐트 안에서 인기척이 느껴졌다.

"거기 누구……?"

자신도 모르게 정령이 소환해 있는 줄 알고 묻다가 즉각 전투 자세를 잡았다.

정령들은 전부 정령계로 돌아간 상황.

텐트에 누군가가 있을 리가 없었다. 무엇보다 방금 전 재현이 텐트를 열었을 때는 아무도 없었다.

갑자기 나타난 것이 의아하지만 경계심을 가질 만한 일이다.

'뜬금없이 귀신이라거나 한 건 아니겠지?'

귀신이나 신, 종교는 일체 믿지 않는 재현이다. 그러나 몬스터로는 비슷한 종류가 있긴 했다.

물리 공격은 일체 통하지 않는 해괴한 몬스터. 주로 고대 유산 지하나 옛 왕족의 무덤에서 많이 서식하는 걸로 알려져 있다.

이번만큼은 절대 기분 탓이 아니다. 분명 인기척이다.

누군지 모르지만 꾸물꾸물 움직이고 있는 것이 작게 어

둠을 비추고 있던 빛 사이로 들어오고 있었다.

그는 조심스럽게 랜턴을 껐다.

상대가 누군지 모르지만 빛으로 자신의 위치를 알리는 것만큼 어리석은 건 없다고 생각한 탓이다.

"후후, 장난 좀 쳤는데 너무 예민하게 반응하는 거 아냐?"

누군가의 목소리. 남자라면 백이면 백 홀릴 것 같은 상당히 매혹적인 목소리였다.

나긋나긋하면서도 도발적이고, 그 목소리에는 색기까지 느껴지는 것 같았다.

침을 꿀꺽 삼키면서 재현은 텐트에서 몇 발자국 떨어지며 조심스럽게 물었다.

"누구지?"

체구를 보건대 자신만 한 키 정도 될까.

사람이라면 안심이지만 혼내 줄 의향은 있다. 남의 텐트에 허락도 없이 들어오다니. 확실히 말하고서 쫓아낼 생각이었다.

하지만 상대에게서는 그가 전혀 예상치 못한 말이 툭 튀어나왔다.

"서운한데? 벌써 내 목소리를 잊은 거야?"

"……?"

그러고 보니 언젠가 한번 들어봤던 것 같은 목소리였다. 조금 낯이 익는 목소리지만 누군지는 짐작이 가지 않았다.

"뭐, 그건 됐어. 어차피 날 잊었을 거라고 생각하고 있었으니까."

"……넌 누구지?"

"음…… 이러면 내가 누군지 대충 알 수 있지 않을까?"

그 말을 하는 순간 방대한 양의 힘이 그에게 들이닥친다. 그는 기운을 받고서 눈을 휘둥그레 떴다. 그에게는 너무도 익숙한 기운이었기 때문이다.

"정……령?!"

그 말을 끝으로 그의 주위로 어둠이 짙어지더니 순식간에 그를 집어삼켰다.

*　　*　　*

어둠 속.

재현은 어둠과 같은 무중력 공간에 떠 있었다. 주위를 둘러봐도 보이는 것은 없었다.

오직 암흑뿐. 캄캄한 암흑이 그의 눈을 어지럽게 만들었다.

'뭐야, 여긴.'

보이는 것이 없고, 자신은 그저 공중에 붕 떠 있고.

깊은 바닷속에 홀로 있는 것처럼 추웠다. 아니, 막연한 공포가 그를 잠식해나갔다.

"후후, 요즘 고민이 많나 봐?"

누군가 귓가에 대고 유혹하듯 속삭였다.

화들짝 놀란 재현은 뒤를 돌아보았다. 뒤를 돌아보자 어둠 속에서 낯선 이의 형체가 보였다.

꾸물꾸물 움직이고 있는 것은 보이는데 무엇이라고 정의하기 어렵다. 곧 그 형체가 그의 눈앞에 나타난다.

자신과 엇비슷한 나이로 보이는 여성. 흑발 머리, 입술 밑에 매력 점.

도발적인 눈.

남성들이라면 누구라도 한 번에 넘어올 만큼 매혹적인 사람이었다.

목소리를 들었을 때 방금 전 자신의 텐트에 있던 정령이라고 생각했다.

알 수 없는 불안감을 뒤로한 채, 재현은 정체를 알 수 없는 정령을 경계했다.

정령이라고 하면 반갑게 다가갈 일이지만, 어쩐지 그녀에게 만큼은 반갑게 다가갈 수 없었다.

자신에게 무슨 짓을 할지 모른다는 공포가 먼저 들었다.

언제든 정령화를 하여 싸울 수 있도록 대비하려는 찰나, 녀석이 손을 들며 반갑게 손을 흔들었다.

"오랜만이야."

자신을 아는 것 같았지만, 재현은 처음 보았다.

다른 정령사를 본 적도 없고, 자신의 정령 외에 다른 정령들을 마주친 적도 없다.

그의 생각을 읽었는지 그녀가 고개를 갸웃거렸다.

"설마 누군지 잊은 거야? 이거 서운한데? 내가 너를 이렇게까지 강하게 만들어 줬는데."

그녀와 같이 아름답고 도발적인 육체를 가진 정령을 봤더라면 모를 수 없을 것이다.

그게 무슨 말이냐는 듯 재현은 그녀를 바라본다. 그녀는 다소 황당한 표정을 감추지 못했다.

"자이언트 크라켄 때 내가 너에게 정보를 주고, 정령 일체화까지 알려 줬는데 모르고 있단 말야?"

"정령 일체화?"

"네가 정령화라고 부르는 것 말이야. 뭐, 불안정하지만 나름 잘 활용하고 있더만."

그 말을 듣고 이제야 그녀에 대해서 알 것 같은 재현.

여태껏 형태를 제대로 보지 못해 몰랐던 것이다. 실제 그녀의 모습을 본 것은 이번이 처음이었다.

"그건 고마워. 덕분에 여러 위기를 넘길 수 있었어."

"후후. 도움이 되었다니 다행이네."

웃는 것마저도 상당히 매력적이다. 가슴을 절로 뛰게 만드는 그런 매력이 있다. 재현은 뛰는 심장을 진정시켰다.

그에게는 윤정이 있다. 머릿속으로 윤정을 생각하며 간신히 뛰는 가슴을 진정시킨 그는 조심스럽게 물어보았다.

"그런데 어째서 날 도왔던 거야?"

"내가 전에 말했잖아. 너에게 관심이 있다고."

"내게?"

"그때 일은 완전히 잊었구나? 정신이 없었던 건지, 아니면 강력한 폭주로 기억의 일부를 잃어버린 건지…… 뭐, 됐어. 중요한 건 그게 아니니까."

말하기 귀찮은 게 아니고 일일이 설명하기 귀찮다는 듯 보였다. 앞뒤 다 생략하고 말하니 의문만 남을 뿐이다.

"최근 다른 정령들과는 잘 지내고 있지?"

"잘 지내고는 있지만 내게 온 목적이 뭐야?"

"아이, 싫다. 대화 좀 하려니까 바로 본론부터 말하라는 거야?"

애교를 부리는 것이 참으로 뭐라고 할까…… 좀 안 어울려 보이기도 했지만 나름대로의 매력이 느껴졌다.

재현은 침을 꼴깍 삼키며 다시 뛰려는 심장을 진정시켰다.

"너는……."

"너라니. 상당히 무례하네. 원래 남에게 예의를 차리지 않던가?"

확실히 이름을 놔두고 초면에 '너'라고 계속 말하면 무례하다고 할 만한 일이다. 하지만 재현은 그러고 싶어서 그런 게 아니었다.

'내가 네 이름을 어떻게 알아?'

녀석의 목적이 불분명하다. 녀석은 재현을 알고 있는 것 같으나, 재현은 흑발의 정령에 대해 아는 것이 전혀 없었다.

무슨 종류의 정령인지도 몰랐다. 오직 '정령'이라는 생명체라고만 알 뿐이다.

재현의 생각을 읽었는지, 녀석이 번뜩 뭔가 떠올렸다.

"아, 그러고 보니 나에 대해서 말해 준 적이 없던가?"

녀석은 후후 웃으며 미안하다고 말하고서는 자신을 소개했다.

"난 어둠의 상급 정령 다크니아스. 너와 계약하고 싶은 정령이야."

"어둠의 정령……."

이 알 수 없던 공포는 다크니아스의 본질에서부터 온 것이었다.

"그럼 최근부터 계속 내가 느꼈던 기척이 설마……!"

"아마 나일 거야. 조금 장난친 것도 있지만, 이제 슬슬 되었다 싶어서 말이지. 최소한 상급 정령사가 되어야 나와 계약할 수 있을 텐데, 내가 생각한 것보다 빨리 올라서 말야. 하지만 아직 부족한 건 사실이야. 정령력을 다루는 것에서. 크기에 비해 제대로 활용하지 못하는 느낌이 들고 있거든."

"그래서 좀 더 기다렸다가 계약하기로 했다고?"

"눈치가 빠르구나? 맞아. 지금에서야 나타난 것은 이제 거의 충분하다 생각해서야. 그 정도면 나와 무리 없이 계약할 수 있을 거라 생각했거든."

확실히 정령력과 컨트롤, 그리고 친화력이 부족한 상황에서는 상급 정령과 계약을 할 수 없을 것이다. 계약이 된다 해도 정령력이 부족해 소환할 수조차 없을 테니 말이다.

'그건 그거고.'

"그런데 왜 밤에 계속 나타난 거야? 주로 밤에만 그 일이 있던데 말야."

이제 다크니아스의 소행이라는 정황이 밝혀지니 슬슬 지난날에 있던 일들이 떠올랐다.

"어둠의 정령이다 보니 주간에는 여러 제약이 따를 수밖에 없어서 말이야. 계약을 하면 얘기는 다르지만 지금처럼 계약을 하지 않은 상태에서는 어두운 곳에서만 활동이 가능해. 자고 있을 때 몰래 부르려고 하니까 악몽을 꾸게 만들거나 가위를 눌리게 만든 건 좀 미안한 일이지만."

최근 악몽을 꾸거나 가위에 눌리거나, 갑작스러운 한기에 자다가도 벌떡 일어나는 경우가 있는데 다 이놈 때문이었다는 걸 그제야 알게 된 재현이었다.

재현은 불만 가득한 표정으로 녀석을 노려보았다. 덕분에 잠도 제대로 자지 못해 스트레스가 꽤 쌓였던 상황이었다.

"그건 미안하게 생각해. 의도한 건 아니지만 그건 네가 정령에 대해 너무 예민하기 때문인 것도 있어."

"그건 무슨 소리야?"

"너의 그 정령에 대한 자질은 예민한 감에 있어. 남들은 느끼지도 못할 걸 너는 작은 것에도 즉각 반응하지. 내가 몇 번 확인해 본 결과니 믿어도 좋아."

"무슨 말인지는 알겠는데 전혀 모르겠는걸?"

"그럼 말보다는 직접 보여 주는 게 낫겠지?"

그렇게 말하더니 다크니아스의 주위로 스멀스멀 뭔가가 올라온다. 어두운 기운에 자신도 모르게 움찔거렸다.

그가 움찔거리자 다크니아스가 씩 웃어 보였다.

"참고로 방금 전의 기운은 너와 같은 정령사라고 해도

아무것도 느끼지 못해. 그만큼 네가 정령에 관해서는 예민한 감을 가지고 있다는 거지."

정령사에게는 축복과도 같은 일이라고 한다.

다른 이들보다 압도적인 속도로 성장할 수 있다는 것이니까.

그만큼 그가 정령에 관한 재능이 뛰어나다는 걸 반증하는 것이었다.

"너의 그 자질을 보고 예전부터 눈여겨봤었지. 다른 정령사들과 다르게 정령력을 꽤 잘 다루더라고. 처음에는 호기심이었는데 자꾸 보다 보니 계약을 하고 싶더라고."

정령들이 자신과 계약을 하고 싶어 하는 건 알고 있었다.

그의 자질과 충만한 정령력과 자연 친화력은 정령들을 끌어 모이게 만드는 원동력이라고 한다.

타고난 재능이라고밖에 말할 수 없었다.

"어둠의 정령은 계약자를 타락시킨다고 하던데. 사실이야?"

재현은 다른 정령들에게 다 들었던 바였다.

만일 거짓말을 하면 더는 보지 않고 거절할 생각이었다.

설사 부정은 안 한다 하더라도 그가 말하는 바에 대답하지 않으면 당연히 고려해 보지도 않을 것이다.

하지만 예상과 다르게 다크니아스가 고개를 끄덕였다.

"부정은 안 할게. 어둠의 정령의 힘은 다른 정령들과 다르게 공포와 두려움도 내재되어 있으니까. 사용하면 사용할수록 정신을 파괴시킬 수도 있어."

자신과 계약하는 일은 그러하다는 걸 말해 주었다. 계약자를 안심시키기는커녕 오히려 공포만을 부추기고 있었다.

그만큼 강력한 힘을 얻을 수 있다는 것이 많지만 부정적인 영향도 많이 끼친다는 것이다.

자신의 장점만 어필해도 계약을 할까 말까일 텐데 부정적인 것까지 죄다 말하다니.

정말 자신과 계약하고 싶은 게 맞을까 싶었다.

"하지만 내가 장담할게. 넌 결코 이 정도로 굴하지 않을 거라는걸."

"뭘 믿고?"

"물의 정령, 번개의 정령, 땅의 정령, 금속의 정령과 계약했으면서도 아무렇지 않은 걸 보고."

그건 또 무슨 말이냐는 듯 고개를 갸웃거리는 재현. 다크니아스가 의외라는 듯 바라보았다.

"몰랐어? 정령과 계약하면 계약자와 감정을 공유하면서 그 영향을 받게 되어 성격이 바뀌거든. 그건 상식인데."

감정을 공유하니 그럴 수도 있다고 생각했다. 하지만 재현은 몇 번 생각해도 자신이 정령들의 성격을 닮아 갔다는 생각은 들지 않았다.

그에 대한 해답은 다크니아스가 대신해 주었다.

"하지만 넌 지금껏 그 어떤 정령의 성격과도 닮지 않았어. 자신의 성격 그대로지. 오히려 정령들이 너의 성격을 강하게 닮아 가고 있는 느낌이야."

그러고 보니 가끔 느끼는 거지만 정령들의 장난기가 조금 늘어난 기분이다.

처음에는 자신이 장난을 많이 쳤는데 최근에는 정령들이 재현을 놀리기 위해 장난을 쳤다.

오래 지내면서 익숙해졌구나 하고 넘어갔던 것인데, 실은 그게 아니었던 모양이다.

"그래서. 어떻게 할래? 나는 계약을 하고 싶은데."

재현은 망설였다.

"생각할 시간을 줘. 이번에는 좀 망설여지네."

다크니아스가 재현이라면 괜찮을 거라고 장담하고 있지만 혹시 모르는 일이다.

계약을 하고 싶어서 거짓말을 했을 수도 있는 일이다.

무엇이든 신중해지는 게 중요한 법. 일단 거절하고 정령들과 상의한 후 결정하기로 했다.

"얼마든지. 하지만 너무 오래 끌지는 말아 줘. 이렇게 보여도 난 마음이 꽤 여리거든."

스스로 마음이 여리다고 하니 피식 웃음이 나오는 재현이었다.

"아, 그리고 이건 선물."

다크니아스가 재현의 곁으로 다가오며 그의 이마에 입을 맞췄다.

"무, 무슨 짓이야?!"

갑작스러운 일에 재현이 당황해하자 다크니아스가 후후 웃었다.

"이건 가계약. 한쪽에서는 미리 수락했다는 의미야. 네가 나와 계약하길 원한다면 내가 나타날 거야. 그리고 나와 계약한 후 후회하는 일은 없을 거라는 것도 장담할게."

다크니아스가 그 말을 남기더니 사라졌다.

그리고 그의 주위를 에워쌌던 어둠이 사라짐과 함께 다시 현실로 돌아왔다. 무중력 공간에서 유영하고 있던 몸에 중력이 느껴지며 그의 발이 땅에 닿았다.

마치 방금 전 일은 꿈인 것 같았다. 재현은 멍한 표정으로 주위를 바라보았다. 다시 현실로 돌아왔다.

느껴지는 중력감과 소나무들, 쌓인 눈들과 푸른 기운이 감도는 새벽이 그의 눈에 밟혔다.

"······날이 밝았잖아."

쨱쨱 울려 퍼지는 새소리에 재현이 퀭한 눈으로 하늘을

바라보았다.

*　　　　*　　　　*

"……그런 일이 있었구나."

재현은 숙면을 취하고 정령력이 회복되자 즉각 정령들을 소환해 간밤에 있던 일을 얘기해 주었다.

어둠의 상급 정령이 찾아와 자신과 계약을 하고 싶다고 하자 다들 믿지 못하는 표정을 지었다.

다들 어둠의 정령은 확실히 힘에 있어서 대단하다고 알려진 정령이었다.

생명체에게 공포심을 일으키는 어둠의 힘은 같은 정령들이 봐도 두려울 정도라고 한다.

"혹시 어둠의 정령과 가까이 지내본 적 있어?"

정령들은 서로를 바라보더니 곧 고개를 저었다. 결국 어둠의 정령에 대해 다들 잘 모르는 것 같았다.

그저 어깨 너머로 들은 것들을 토대로 말해 준 것 같았다.

'그래도 계약자를 타락시킨다는 건 자기 입으로 진실이라고 말했으니 사실이겠지.'

그런 생각을 하고 있을 때, 노임이 머뭇머뭇하더니 손을 들었다.

"가까이 지내본 적은 없지만 어둠의 정령에 대해 들은 적이 있어요. 어둠의 정령은 정령들 사이에서도 홀로 떨어진 존재예요."

"그건 무슨 뜻이야?"

"말 그대로예요. 어둠의 정령이 먼저 다가오지도 않고, 그렇다고 우리들이 먼저 다가가지도 않아요."

재현은 좀 더 자세한 설명을 듣기로 하고 노임의 말에 귀를 기울었다.

노임의 말을 요약하자면 다른 정령들은 두루두루 친하게 지내지만 어둠의 정령은 자신들끼리만 어울린다고 한다. 때문에 어둠의 정령에 대해 모르는 정령들이 많았다.

"그러니까 외톨이 같은 존재네?"

"네. 아무래도 먼저 다가오지 않으니까요."

"먼저 다가가기도 본능적으로 꺼려지고."

다들 고개를 주억였다. 정령들 사이에서도 친근하게 지내기 싫은 정령이 있다는 걸 처음 알았다.

편견이거나 싫다는 게 아니라 정령들도 본능적으로 가까이 가길 꺼리는 것이다.

어떻게 보면 참 불쌍한 정령들이라는 생각이 들었다.

'자신의 존재가 본능적으로 거부당하는 느낌은 어떤 걸까?'

자신은 죽었다 깨어나도 알지 못할 생각을 하며 다크니아스가 안타깝게 여겨지는 재현이었다.

하지만 불쌍하다는 연민이 든다고 해도 막 계약하는 것은 아니라고 생각했다. 일단 조사는 해 봐야 할 것 같았다.

혹시 어둠의 정령과 계약한 이들이 있나 집에 돌아가면 즉시 확인해 보기로 했다.

"너희들은 정령계로 돌아갔을 때 조금씩 조사해 줘."

그리고 정령들은 정령계에서 나름대로 조사해 달라고 부탁하는 것도 잊지 않았다. 정령들은 고개를 크게 주억였다.

＊　　　　＊　　　　＊

설악산에서의 수련을 마치고 안전하게 철수한 재현.

그는 집에 돌아온 즉시 짐을 정리하고 헌터 홈페이지에 들어가 어둠의 정령에 대한 조사에 착수했다.

어둠의 정령과 계약한 정령사는 전 세계적으로도 적었다.

고작 네 명. 정령사들이 계약하는 정령들은 대부분 원소를 가지고 있는 정령들이다. 그리고 아주 드물게 원소로 이루어진 정령들이 아닌 경우도 있었다.

그중에서도 참 다양한 정령이 있지만, 어둠의 정령인 경우는 극히 드물었다.

　전 세계적으로 정령사들이 적은데 어둠의 정령이 먼저 관심을 보이는 경우도 드물다고 했다.

　일단 조사된 바로 어둠의 정령은 사람을 많이 가리고, 먼저 다가오는 경우가 적다고 했다.

　따로 행동하는 경향이 있고, 정령들과 함께하길 꺼리기도 한다고.

　성격보다는 다른 정령이나 사람들이 본능적으로 자신들을 거부하기 때문이라고 한다.

　남들이 멀리하니 계약자에게도 용기를 내어 먼저 다가가는 경우도 조심스럽다고 한다.

　소심한 면이 없지 않아 있지만 그들은 결코 소심한 성격은 아니라고.

　물론 개체마다 성격이 다르지만 단지 남의 눈치를 볼 뿐이라고 한다.

　'뭐가 이렇게 안타까워?'

　재현은 안쓰러운 마음에 어둠의 정령들이 불쌍하게 느껴졌다.

　정령이나 인간에게도 거부감이 드는 정령이라니.

　재현도 다크니아스가 먼저 다가왔을 때 그러한 기분을 느꼈으니 무리가 아니라고 생각했다.

어둠이라는 원시적으로 두려운 본능. 공포는 어둠에서부터 비롯되기 때문일지도 모른다.

그렇게 읽어 가며 네 명의 사례를 보았다.

계약자들이 적어 어떠한 일이 있었는지 조사를 진행했는데, 읽다 보니 재현의 눈이 찡그려졌다.

〈사건 26 - 3001543〉

사건일시: 8월 23일

내용: 어둠의 정령과 계약한 첫 사례. 스웨덴의 평범한 학생이었던 이가 우연찮은 기회로 어둠의 정령과 계약을 함. 다른 정령사들과 달리 어둠의 정령과 계약을 하자, 많은 집중을 받음. 강력한 힘과 상대를 공포에 떨게 만드는 힘은 모든 이들을 압도하고도 남음. 점점 계약자의 성격이 변화하기 시작. 욕구에 충실해지고, 사냥을 즐기게 됨. 소심하고 은둔형이었던 계약자가 활발해지는 효과를 얻게 됨. 처음에는 긍정적인 효과를 냈으나 점차 그 성격이 변화, 변질되기 시작함.

결과: 계약자가 타락, 어둠에 물든 계약자는 살육에 지배되어 민간인과 몬스터를 가리지 않고 공격하게 됨. 계약자 긴급 체포, 사형을 선고받고 현재도 복역 중. 함께 수감되어 있던 범죄자와 말다툼 중 상대를 살해, 심

리 치료를 진행 중이나 어둠을 맛본 계약자는 변화되질 않음. 어둠의 정령과 계약이 파기된 후, 다시 정상으로 돌아옴. 현재 죄를 뉘우치고 정상적으로 복역 중.

"미쳤네."

너무 극단적인 사례라고 생각하며 재현은 기가 막히다는 듯 입을 다물지 못했다.

아무리 타락한다 하더라도 이 정도일까 싶어 다른 것도 둘러보았다.

〈사건 26 - 3001681〉

일시: 12월 7일

내용: 스웨덴에 일어났던 사건 이후, 중국에서 또 한 명의 어둠의 정령을 다루는 정령사가 나타남. 매사 긍정적이며 성실했던 성격으로 알려진 인물. 어둠의 정령과 계약을 하고 난 후 헌터 시험에서 높은 등급의 평가를 받아 중급 헌터로 발탁. 많은 사냥터들을 전전하며 어둠의 정령과 신뢰를 쌓음. 시간이 지날수록 눈에 띄는 성과를 보이기 시작했으나 점점 성격의 변화가 나타나기 시작. 남에게 폐를 끼치지 싫어하던 사람이 어둠의 정령과 계약한 이후 점점 사람이 악독해졌다는 정보

입수. 확인이 이루어지기 전 당사자가 A급 몬스터를 사냥 도중 갑자스럽게 폭주함.

결과: 계약자, 어둠의 힘에 사로잡혀 폭주. 폭주로 인해 두 번 다시 능력을 발현할 수 없게 되었으며 몸이 심각하게 망가짐. 치료 중 사망. 당사자의 사망으로 자세한 조사가 이루어지지 않았기 때문에 조사는 현재 중단됨.

결국 이건 타락으로 인한 것인지 어떤지 모른 채 중단되었다는 것이다.

어둠의 정령과 계약 자체가 워낙 희귀한 사례다 보니 일부 자료가 올라와 있긴 하지만 별로 도움이 될 만한 내용은 아니었다.

재현은 다른 사례를 살펴보기로 했다.

〈사건 26 - 3001701〉

일시: 4월 10일

내용: 어둠의 정령이 계약자에게 미치는 영향이 있다는 것이 정식으로 확인된 사례. 러시아에서 어둠의 정령과 계약한 세 번째 사례. 어둠의 정령과 계약한 후, 헌터가 되어 활발하게 사냥을 나섬. 시베리아 벌판에서

일어났던 몬스터 준동에서 크나큰 공을 세워 훈장을 받음. 시베리아 몬스터 준동에서 큰 힘을 발휘, 중급 헌터가 되었으며 진급 후, 더욱 많은 공을 세우게 됨. 모스크바 연쇄 살인 사건에 연루. 주 대상은 여성과 어린아이였으며 강간 후, 잔인하게 살해. DNA 조사로 용의자로 지목, 수배되기 시작함. 그 이후 자신을 쫓아오는 헌터들을 살해. 자신보다 높은 등급의 헌터까지 처리하자 마스터 헌터들을 동원. 생포에 성공함. 조사가 이루어지는데도 평소 그가 보였던 모습과 정반대의 모습을 보여 모든 이들에게 충격을 줌. 조사 결과 어둠의 힘이 자신을 좀 먹어 가며 이렇게 되었다고 설명. 뒤에 있던 사건들을 종합해 신빙성이 있다 판단함.

결과: 조사가 끝난 후 어둠의 정령을 소환, 그 힘을 사용해 그를 조사했던 경찰과 자신을 붙잡은 마스터 헌터를 살해 후 자살로 사건 종료.

"······."

정신이 멍해지는 느낌이다. 이 정도면 어둠의 정령과 계약하는 게 정말 정령사를 타락시키는 게 맞는지 의심이 들 정도다.

사례에 나온 사람들이 너무 극단적으로 변한 게 아닐까

싶었다. 그만큼 어둠의 힘이 강했던 걸까?

직접 계약해 보지 않는 이상 모를 일이지만, 재현은 이런 사례를 보니 조금이라도 있던 마음이 싹 사라지는 것 같았다.

이게 정말이면 자신도 이렇게 된다는 것 아닌가. 아무리 힘을 갈구한다고 해도 이 사례를 보면 하고 싶지 않을 것 같았다.

"하나가 남아 있는데……."

나머지 하나도 안 봐도 뻔할 것 같은 느낌이다.

그래도 재현은 한숨을 푹 내쉬며 일단 둘러보기로 했다. 조사를 시작했으면 끝까지 해 봐야 하지 않겠는가.

정령들도 지금 정령계에서 어둠의 정령에 대해 조사를 해 주고 있을 것이다. 재현은 한숨을 푹 내쉬며 게시글을 클릭했다.

〈사건 26 - 3001698〉

일시: 6월 3일

내용: 어둠의 정령과 긍정적인 첫 사례. 한국에서 어둠의 정령과 계약한 네 번째 정령사로 기록됨. 바람의 정령과 계약하고 헌터를 시작했으며 러시아 시베리아 원정 도중 어둠의 정령과 계약함. 자신의 성격에 변화

가 오는 것을 눈치채고 심리 상담사와 상담. 어둠의 정령이 미치는 영향을 뿌리치려고 노력. 자신의 힘을 다루고 마음을 가다듬는 수련에 매진. 오랜 기간을 거친 이후, 깨달음과 함께 어둠의 기운을 물리며 타락하는 정신을 다시 가다듬었다고 함. 어둠의 힘을 자유자재로 조절할 수 있으며 전 세계 유일하게 어둠의 정령을 무리없이 다루게 된 계약자로 알려짐.

결과: 계약자가 어둠의 정령과 계약하면서 타락하지 않은 기념비적인 사례. 현재도 헌터로 일하고 있음.

별로 기대하지 않고 본 사례. 그러나 그가 본 것은 상당히 놀랄 만한 것이기도 했다.

어둠의 정령과 계약하면서 타락하지 않은 첫 사례. 게다가 한국의 헌터!

재현은 자리에서 벌떡 일어났다.

"이거다!"

Chapter 08
또 다른 정령사

재현은 사례를 보고 난 후, 그 인물이 누군지에 대해 조사했다.

별다른 인맥이 없던 재현은 하는 수 없이 정우에게 도움을 요청할 수밖에 없었다.

정우는 헌터에 대한 신상 정보는 비밀이라 알려 줄 수 없다며 딱 잘라 말했다.

그러나 재현이 어둠의 정령이 자신을 찾아와 계약하고 싶다고 말했다고 하자 그를 회사로 불러들였다.

따로 알려 주려나 생각했지만, 그것이 아니었다.

정우와 일대일로 마주한 자리.

어쩐지 이 자리가 상당히 어색하기만 하다.

정우는 노트북을 들고 그와 마주하고 있었다.

그가 노트북을 뚫어지게 바라보자 정우가 그 이유를 말해 주었다.

"아, 어둠의 정령과 관련된 사건이니까 조사서를 작성해야 하거든. 그냥 편히 말하면 된다."

편히 말하라고 해도 편히 말할 수 있는 분위기가 아니었다.

마치 무슨 잘못을 해서 조서를 꾸미고 있는 분위기다.

어쩌면 정우의 외모가 그 분위기를 만들고 있는 게 아닐까 싶었다.

"아직 계약도 하지 않았는데요?"

"자네가 본 사례들도 다 이런 식으로 조사된 거다. 아직 상부에 보고하지 않았지만 자네가 정령화란 걸 한 것도 내가 따로 작성했다. 중요한 자료는 혹시 모르니 일단 작성해 놓아야 하거든."

"정령화는 나름 기업 기밀인데요."

"어차피 이걸 뿌려도 자네 말고 할 수 있는 사람이 없잖나."

정우의 말대로다. 어차피 남에게 알려줘도 남들은 죽었다 깨어나도 혼자서의 힘으로 이를 할 수 없다.

나름대로의 깨달음도 필요하고, 요령도 있어야 하기 때문이다.

정령사가 간과하고 있는 것 중 하나가 정령력을 굳이 자신이 다룰 필요가 있느냐일 것이다.

재현은 금속의 정령과 계약하면서 호기심이 생겨 정령석을 만드는 것으로 정령력 컨트롤을 연습했다.

반면 다른 정령사들은?

정령력 컨트롤은 고사하고 정령에게 전투를 맡기고 있지 않을까가 재현의 생각이다.

직접 만나 본 적이 없어서 확언할 수 없지만 재현만 하더라도 정령화를 하기 전에 전투를 전부 정령에게 맡겼다.

물론 재현처럼 정령력 컨트롤을 하는 이들이 있을 수도 있다. 하지만 정령화는 따라 한다고 해서 따라 할 수 있는 게 아니다.

"게다가 이게 저작물도 아니고. 언젠가 자네가 헌터에서 은퇴할 때 정령사들에게 이를 교육할 수 있네."

"……."

맞는 말이라서 꿀 먹은 벙어리처럼 입을 굳게 닫았다.

헌터가 은퇴해도 여러 방면으로 취업할 수 있다.

운동선수가 은퇴해서 선수들 감독을 하는 것과 같은 것처럼 교관을 하는 경우도 적잖아 있었다.

정우만 해도 그렇지 않은가.

'나중에 은퇴해도 일거리는 생기겠네.'

황혼 취직도 문제라고 했던가.

일단 돈을 바짝 벌어 놓으면 괜찮겠지만 미래는 모르는 일.

은퇴 이후에 일하는 것도 괜찮을 것 같다는 생각이 들었다.

게다가 정령사들이 자신처럼 정령화를 할 수 있는 방법을 알게 되면 그만큼 정령사들의 입지도 단단해진다는 얘기가 아니던가.

'넓게 생각하면 전력에 도움이 된다는 거지.'

강한 헌터가 늘어나면 늘어날수록 몬스터 소탕이 더욱 수월해질 것이다.

여러 방면으로 생각해 보니 헌터계에 한 획을 긋는 일이 아닐까란 생각도 조심스럽게 해 보았다.

"자, 그럼 상담을 진행하면서 조사도 함께하도록 하지. 일단 어둠의 정령이 자네에게 접근한 것부터 시작할까?"

참 힘드시겠구나, 라고 생각하면서도 헌터는 거부권이 없구나, 하는 생각도 동시에 들었다.

자신과 같은 일을 치르는 사람이 있으면 지표가 되어 줄 사례들이기 때문에 이런 것을 기록하는 것 같았다.

이미 헌터들의 대우가 좋지 않다는 건 알고 있기에 이제 그러려니 했다.

'돈도 여러 곳으로 다 떼어 가고 말이지.'

나중에 자신이 영향력이 생기면 이 문제를 어떻게든 해 볼까 생각하면서도 재현은 자신에게 있었던 일을 정우에게 말해 주었다.

재빨리 현실에 굴복할 줄 아는 것도 사회인으로서 알아야 할 덕목이다.

* * *

조사는 특별할 것도 없이 금방 끝났다.

그가 어둠의 정령과 계약한 것도 아니고, 아는 바도 많지 않아 20분도 되지 않아 끝나 버렸다.

앞으로 꾸준히 조사하다 보면 시간이 늘어나겠지만 나눠서 하다 보면 금방 끝나니 시간적으로 여유가 생겼다.

조사가 끝나고, 정우는 어둠의 정령과 계약한 한국의 정령사를 알아봐 주겠다고 했다.

세심하게 자신을 도와주니 너무나도 고마웠다.

나중에 술이라도 쏘기로 하고 기분 좋게 헤어졌다.

그렇게 오랜만에 서울에 와 본 재현. 그는 주변을 둘러보다가 한때 자신이 지냈던 고시원을 발견했다.

"그립네."

저기에서 몇 년간 지내면서 아르바이트를 하며 취업 준비를 했던 재현.

새삼 저렇게 보니 그리운 마음부터 들었다.

그렇다고 다시 가라고 하면 가고 싶지 않은 것도 사실이다.

그러다가 그는 규형을 떠올렸다.

돈이 없어서 병원을 가지 못할 때, 그가 돈까지 내준 적이 있었다. 그것만 아니라 그간 자신에게 해 준 게 얼마나 많던가.

금전적인 돈은 이자까지 쳐서 다 갚았지만 그래도 고마운 것은 변하지 않는다. 헌터가 되고 나서 만난 적은 없었다. 드물게 가끔씩 통화하는 정도였다.

언제 한번 와서 술 한 잔 기울이자고 했는데 바쁘다며 오지 못했다.

마침 근처에 온 김에 규형을 찾아가 보자고 생각했다. 지금 시간이면 규형이 일하고 있을 시간이니까.

*　　　*　　　*

익숙한 길을 걷고 나니 얼마 지나지 않아 재현이 한때 일했던 편의점의 동네에 도착했다. 그리운 광경이다.

얼른 취직해서 번듯한 직장을 다니며 고시원을 먼저 탈출하고 원룸으로 옮기고 돈을 차근차근 모아 아파트를 장만하자고 생각했던 때도 있었다.

그런데 뜻하지도 않게 운디네와 계약을 하게 되고 헌터가 되어 금방 아파트를 마련했다.

예전에는 돈이 없어서 아르바이트비가 나오기 전까지 라면으로 연명하던 때도 있었다.

지금은 끼니를 거를 일도 없고, 병원비도 걱정하지 않아도 될 정도니 크게 성공했다고 볼 수 있었다.

동네를 쭉 걷고 나니 어느새 재현이 한때 일하던 편의점에 도착할 수 있었다. 유리창 너머로 규형이 바닥을 청소하고 있는 것이 보였다.

전혀 변하지 않았구나 생각하며 재현이 편의점에 들어섰다.

"어서 오세…… 박재현?! 네가 여기 웬일이냐?"

재현이 들어온 줄 모르고 인사했다가 익숙한 얼굴을 보고 그가 반갑다는 듯 그에게 다가왔다.

"형, 잘 지냈죠?"

"이 녀석. 같이 술 한잔하게 오라고 했더니 이제야 왔냐? 하하하!"

규형은 하하 웃으며 그를 맞이해 주었다. 한결같은 모습에 재현의 얼굴에도 미소가 밝게 드리워졌다.

"이제 슬슬 교대 시간인데 잘됐네. 일부러 시간 맞춰 왔냐?"

"의도하지 않았지만 시간이 아슬아슬하더라고요."

어쨌든 잘 왔다며 규형은 그를 밖으로 끌고 가 파라솔 밑 의자에 앉혔다.

그는 냉장고에서 맥주와 음료수를 꺼내고, 안줏거리로 육포를 가지고 왔다.

"괜찮지? 설마 벌써 입맛이 고급으로 변했다거나 그런 건?"

추억을 곱씹으며 재현은 좋다는 듯 고개를 끄덕였다. 입맛이 까다롭다 하더라도 남들이 먹는 것을 못 먹는 게 아니다.

"점장님, 저 왔어요."

마침 아르바이트생이 교대하러 왔다. 덕분에 규형은 인수인계하고 복장을 갈아입어 재현의 맞은편에 앉았다.

"안 본 사이에 훤칠해졌네. 피부부터 다른 걸 보니 아주 잘 먹고 다니나 보구나?"

재현이 피식 웃으며 앞에 놓인 캔 맥주를 땄다.

차를 가지고 왔는데 마셔도 될까란 생각이 들었다.

시계를 보니 아직 시간적으로 여유가 있다.

한 캔만 마신다면 집에 가야 될 때쯤 멀쩡한 상태로 운전할 수 있을 것 같았다. 규형도 그를 따라서 캔을 땄다.

"널 얼마 만에 보는 거지?"

"거의 2년 정도 된 것 같네요."

"벌써 그렇게 됐나? 시간 참 빨리 지나가네."

서로 캔을 마주치고 맥주를 마셨다. 안줏거리로 가지고 온 육포도 쭉 찢어 입으로 넣었다.

서로 일이 끝나면 가끔 이렇게 편의점 앞 파라솔 의자에 앉아 술을 마셨었다.

엊그제 일인 것처럼 그 날이 생생했다.

"헌터 일은 어때? 힘들지 않아?"

"힘들죠."

재현은 솔직하게 대답했다. 안 힘들다고 하면 다 거짓말이다.

재현도 고생은 고생대로 한 적이 많았다. 또한 목숨을 걸면서 돈을 버는 직업이다 보니 모든 일에 긴장해야 했다.

실제로 몇 번 목숨을 잃을 뻔한 적도 있었다. 홉 고블린 부족장 때도 그랬고, 자이언트 크라켄 때도.

그 외에는 크게 다칠 뻔한 것 외에는 없었다. 지금 생각해 보니 생각보다 자신이 이런 일에 적성이 맞구나 감탄한다.

남들은 폭주로 입원하는 것보다 몬스터에게 다쳐서 입원하는 경우도 허다하다.

그래도 어떻게든 일을 잘 마무리하니 이렇게 사지 멀쩡한 채 살고 있을 수 있는 거라고 생각했다.

"세상에서 안 힘든 게 어디 있겠냐만 그래도 잘살고 있지?"

재현은 고개를 끄덕였다.

누구보다 잘살고 한창 잘 나가고 있는 재현이다.

아마 규형에게 곧 상급 헌터도 될 것 같다고 얘기하면 놀라서 뒤로 넘어갈 것이다.

'말해 봤자 안 믿을 확률이 더 높겠지?'

상급 헌터가 뉘 집 개 이름도 아니고. 이제 고작 2년 된 헌터가 상급 헌터를 바라보고 있다고 누가 믿겠는가.

벌써 중급 헌터가 된 것도 안 믿을 것이다.

여차하면 헌터증을 보여주면 되겠지만, 재현은 딱히 누군가에게 자랑을 하는 사람이 아니었다.

말하기 귀찮은 것보다 일이 여러 가지로 꼬이면 귀찮은 일이 많아서였다.

남들이 알아주기보다 스스로 잘 해내기만 하면 그걸로 족했다.

보아하니 규형은 자신이 자이언트 크라켄을 잡은 일을 전혀 모르는 눈치였다.

워낙 일이 바쁘니 TV를 볼 시간도 거의 없어서 그런 것일지도 모른다고 생각했다.

다행이라면 다행이다.

그가 자이언트 크라켄을 잡는 동영상을 봤으면 큰 걱정부터 했을 테니까.

그렇게 슬슬 시간이 지나며 그들은 그동안 있던 일을 풀었다.

*   *   *

간단하게 맥주를 마시고 어느 정도 시간이 지나니 약간 몸 안에 감돌던 술기운이 빠졌다.

오랜만에 만나서 그런지 할 얘기는 많았지만, 아쉽게도 재현은 시간이 많지 않았다.

이 근방에 사는 것도 아니고, 집까지 가려면 차를 타고 가야 했기 때문이다.

자주 연락하고, 다음에 시간이 많을 때 다시 만나기로

하고 아쉬운 헤어짐을 했다.

차를 타고 집으로 온 재현. 정우가 나름대로 손을 써서 그 인물이 누구인지 찾아 주겠다고 약속을 한 상태다.

언제 찾을 수 있을지 모른다. 아무래도 기밀은 철저한 모양이다.

사례를 보았을 때, 어느 나라의 헌터라는 것만 나오지, 자세한 신상은 전혀 알 수 없었다.

범죄자들은 조사하면 금방 알 수 있지만, 범죄자도 아니고 평범하게 지내는 이들은 모든 정보가 비밀.

발이 넓은 정우라고 하더라도 찾기는 서울에서 김 서방 찾기, 모래사장에서 바늘 찾기와 같다고 할 정도라고 한다.

아주 우연이 따라 주지 않는 이상 찾는 것은 거의 불가능에 가깝다고.

'그래도 기다리는 것 외에 딱히 방법이 없다는 게 문제네.'

일단 그에게 연락이 올 때까지 기다리면서, 정령들이 나름대로 정보를 얻었는지 확인하기 위해 소환했다.

"얘들아, 알아낸 것 있어?"

정령계에서 나름 여기저기 알아본 정령들.

정령들이 사는 정령계와 다르게, 이곳은 한정적인 정보

밖에 없기 때문에 정령들이 알아내는 것이 가장 정보가 많을 수밖에 없을 것이다.

그의 추측은 정확히 들어맞았다.

소환한 정령들이 재현에게 어둠의 정령에 대해 조사한 것을 그에게 말해 주었다.

"어둠의 정령은 밤이나 어두운 곳에서 가장 큰 힘을 발휘한데."

"그렇군. 운다인이 물이 있는 곳에서 싸우는 것과 같은 이치인가?"

"응. 그리고 어둠의 정령의 공격은 상대방에게 큰 영향을 끼치는 것 같아. 공포와 절망 같은 감정도 같이 느끼게 된다나 봐."

운다인은 주로 어둠의 정령의 전투 방식, 어떤 곳에서 힘을 발휘하는지, 얼마나 강력한지에 대해 조사했다.

재현은 운다인이 조사했던 것을 메모했다.

토씨 하나 빼놓지 않겠다는 듯 펜을 빠르게 놀리며 적어 나갔다. 다음으로 썬다이넨이 이어서 말했다.

"하지만 그 힘을 사용하면 사용할수록 계약자는 어둠에 물든다고 해."

"포괄적이게 말고 자세히 말하자면?"

"처음에는 인지하지 못하지만 시간이 지날수록 점점 타

락하는 거야. 타락하면 타락할수록 더욱 강력한 힘을 내게 되고, 그만큼 계약자는 힘을 갈구하게 된다고 해."

"악순환의 반복이로구나."

썬다이넨은 그 힘에 작용하는 것을 조사하게 했다.

썬다이넨이 조사한 것은 사례에서 보았던 것과 비슷하다고 볼 수 있었다.

사례에서는 계약자가 강해진 이유가 나오지 않았다.

아마 조사하고 싶어도 계약자도 적고, 그나마 있었던 계약자들이 다 죽고 한 명만 남아 조사가 제대로 이루어지지 않은 것이리라.

계약자가 타락하면 더욱 강해지는 힘. 아마 이것이 가장 큰 요인이 되었을 것이다.

참으로 무섭다.

계약자가 타락하면 더욱 강해지다니. 게다가 계약자는 힘을 사용하면 본의 아니게 점차 타락해 나간다는 게 아닌가.

생각만 해도 소름이 돋았다.

"나는…… 어둠의 정령이 어떤 정령인지 조사해 보았어……."

졸려서 느릿하게 말하는 게 이럴 때 도움이 될 줄이야. 운다인과 썬다이넨과 다르게 메모하기가 한결 수월했다.

메타이온은 어둠의 정령에 대해 여러 가지 정보를 수집하다가 가장 무난한 것으로 선택한 것 같았다.

정령들도 어둠의 정령에 대해 편견을 가지고 있지만, 알고 보니 자신들과 같다는 것이다.

성격도, 개성도 자신들처럼 개체마다 다르다고. 애초에 그들은 계약자를 만들기를 꺼려 하는 분위기라고 한다.

"왜?"

"자신들 때문에…… 계약한 이가 잘못되면 죄책감이 든다고 해서……."

"그렇구나."

그러고 보니 다크니아스도 자신과 계약하고 싶다고 했지만 어느 정도 거리를 뒀던 것 같다.

다른 정령들 경우 계약하자고 조르는 경우도 있는데, 어둠의 정령은 그렇지 않다고.

자신의 힘으로 계약자를 타락시키고 좋지 않은 일이 생기면 그것이 엄청난 죄책감으로 다가온다고 한다.

수락이면 수락. 거절이면 거절.

고민할 시간을 준 것도, 확실히 대답해 달라는 것도 아마 본인들이 가장 잘 알기 때문일 것이다.

'타락한다는 사실을 말한 것도 다 그 이유 때문이겠지?'

계약을 해서 상처를 받을 바에 미리 말해서 자신과 계약하면 이렇다는 걸 미리 알린다. 어떻게 보면 마음이 여린 정령이 아닐 수 없다.

'그러면서 내게 힘을 쓰는 법을 알려 주고 말이지.'

다크니아스가 자신에게 정령 일체화인지 뭔지 알려 준 것도 계약을 하고 싶으니 좋은 이미지를 만들기 위함일 수 있다.

그러나 그렇다고 다른 정령들이 모르는 걸 자신에게 알려 준 이유가 무엇일까?

재현이 너무 마음에 들어서? 나름대로 환심을 사고 계약을 하고 싶어서?

다양한 추측이 난무하고 있지만 재현은 이렇다 할 것에 도달하지 못했다. 사실은 오직 다크니아스만이 알 뿐이다.

운다인, 썬다이넨, 메타이온까지 자신들이 조사한 걸 그에게 말해 주고, 이제 남은 것은 노임이었다.

노임은 웬일인지 자신에 차 있는 표정이었다. 그만큼 성과가 대단한 것인가 싶었다.

"전 어둠의 정령과 계약한 정령사의 바람의 정령을 직접 만나 봤어요. 그리고 그 사람이 어떻게 어둠의 힘을 물리쳤는지도 들었죠."

"……뭐?"

뜻하지 않은 내용에 재현이 얼빠진 표정으로 노임을 바라보았다. 얼빠진 표정을 지은 것은 재현만이 아니라 다른 정령들도 마찬가지였다.

'바람의 정령? 그리고 어둠의 정령과 계약한 정령사?'

노임은 자신이 조사했던 것을 말하고 있는데 정작 재현은 다른 생각하고 있어서 듣질 못했다.

"노임 그 정령사. 아직도 헌터를 현역으로 뛰고 있니?"

"예. 그렇다고 들었어요."

"노임. 혹시 그 정령사는 혹시 한국인이니?"

"그건 안 물어봐서 모르겠는데…… 이름은 한국인 같았어요."

좀 자신 없는 말이었지만 바람의 정령이 줄여서 현이라고 불렀다고 하니 그 사람의 이름인 것 같았다.

거기다 재현이 보았던 사례와 거의 일치했다. 원래 바람의 정령 계약자. 하지만 어둠의 정령과 계약한 이이고, 전 세계 유일의 어둠의 정령의 힘을 물리친 정령사였다.

그 사람 말고는 없다고 생각했다. 생각보다 쉽게 자신이 그 사람의 정보를 알아낼 줄은 전혀 몰랐다.

갑자기 재현의 의욕이 샘솟았다.

"노임, 혹시 그 사람 어디에 살고 있는지 알아?!"

"모, 모르겠는데요?"

재현이 덥석 손을 잡으며 얼굴을 가까이하자 당황한 노임이 흠칫 놀랐다.

당황스럽기는 한데 싫은 느낌은 아니라는 복잡한 생각을 할 때, 재현이 부탁했다.

"그럼 그 바람의 정령을 다시 만나서 알아봐 줄래? 부탁할게."

"알겠어요."

재현은 고맙다며 노임을 꼭 끌어안고 데굴데굴 굴렀다. 무슨 일인지 모르지만 이렇게 기뻐하는 걸 보니 노임도 좋아서 헤헤 웃었다.

"너희들도 이리 와! 고생했어!"

어찌나 신이 났는지 재현은 정령들을 꼭 끌어안고 머리를 쓰다듬었다.

재현이 좋아하고 있으니 덩달아 기분이 좋아져 꺄르르 웃는 정령들이었다.

* * *

노임 덕분에 재현은 현이란 사람과 만날 장소를 정할 수 있었다.

노임이 다시 정령계로 돌아가 바람의 정령에게 이를 말

하고, 바람의 정령이 계약자에게 전달한다.

생각보다 수월하게 일이 진행되어 재현은 무거운 짐을 던 것 같았다.

어둠의 정령과 계약했으면서 어둠의 기운을 물리친 첫 사례. 당연히 재현도 첫 만남이 기대될 수밖에 없었다.

일주일 후, 서울 강남역 앞에서 만나기로 한 재현은 너무 들뜬 나머지 약속 시간보다 한 시간이나 일찍 와 버렸다.

"우와~ 긴장돼."

사람을 만나는 게 이렇게 긴장되기는 오랜만이다. 정령계에서 재현을 지켜보고 있던 운다인이 텔레파시를 보내 왔다.

[왜 그렇게 긴장해?]

'나 말고 다른 정령사를 만난다고 생각하니까 두근거리네.'

재현은 지금까지 헌터를 하면서 다른 정령사를 만나 본 적이 없었다.

자신과 다른 속성의 정령을 다루고 있지만, 공감대는 분명 있을 것이다.

자신보다 오랫동안 헌터계에 몸을 담았고, 경험이 많은 사람이니 조언도 많이 해 줄 거란 기대도 가지고 있었다.

"그런데 언제 오려나……."

재현은 시계를 바라보았다. 약속 시간까지 얼마 남지 않았다. 그런데 아직 올 기미조차 보이지 않았다.

한참을 기다리니 사람들의 시선이 한곳에 쏠리는 것이 보였다.

세계에서 가장 비싼 것으로 알려진 차가 천천히 이동하는 것이 보였기 때문이다.

심지어 사진을 찍는 사람도 여럿 보였다.

"비싼 차 끌고 다니네."

그에게 차는 딱 한 대, 장갑차를 개조한 트럭밖에 없다. 그러나 그것도 가격이 만만찮다.

재현도 통장에 여유가 되어 마음만 먹으면 저런 차를 끌고 다닐 수 있기 때문인지 딱히 신기하거나 하지 않았다.

그냥 약간 호기심에 바라볼 뿐. 그런데 그 차가 천천히 이쪽으로 다가오며 멈춰 섰다.

"박재현 씨?"

선글라스를 끼고 창문 너머로 재현을 바라보는 여인.

재현은 자신을 부르는 게 맞는지 의심스러운 듯 그녀를 바라보았다가 주위를 둘러보았다.

딱히 멈춰 선 사람 없이 다들 제 갈 길을 가고 있었다.

그녀는 클랙슨을 한 번 울리며 다시 물었다.

"정령사 박재현 씨 아니세요?"

재현은 그제야 놀란 듯 그녀를 바라보았다. 이 여성이 오늘 만나기로 했던 정령사였던 것이다.

'계약자가 여자였어?!'

남자라고 생각했던 생각이 배신당한 순간이었다.

"제가 박재현인데요……."

"제가 조금 늦었죠? 오다가 길이 막혀서요. 잠시 근처에 차를 대고 올 테니 좀만 더 기다려 주세요."

재현은 얼떨떨한 표정으로 고개를 끄덕이고, 여성은 미소를 보였다.

여성은 근처 주차장에 차를 세워 두고 다시 재현에게로 돌아왔다.

"반가워요. 박현주라고 해요."

먼저 악수를 건네는 그녀. 재현은 여전히 얼떨떨한 표정으로 악수를 했다.

설마 계약자가 이렇게 아름다운 여성일 줄은 꿈에도 몰랐다.

재현에게 윤정이 없었더라면 한눈에 반할 정도의 외모다.

"설마 이렇게 아름다운 여성일 줄은 몰랐어요."

"호호. 비행기 태워 줘도 떨어지는 것 없어요. 이래 봬도 아이 셋이나 있는 걸요."

"유부녀셨어요?"

이리 보나 저리 보나 아리따운 처자인데 유부녀라니.

게다가 아이가 무려 셋!

여러 방면으로 충격을 먹은 재현이다.

"후후. 다들 안 믿더라고요. 아이 한 명은 초등학생인 세 아이의 엄마인데도."

누가 봐도 20대 초중반의 여성이다. 그런데 벌써 세 아이의 엄마? 게다가 한 명은 초등학생?

그럼 10대 혹은 10대가 되기도 전에 아이를 낳았다는 것인데, 말이 안 됐다.

"혹시 나이가……."

여자에게 나이를 묻는 것은 실례라는 것을 알지만 궁금증이 생긴 재현은 자신도 모르게 그 말이 튀어나와 버렸다.

실수했다고 생각하면서 속으로 자책하는 재현이지만, 다행히 그녀는 미소를 지으며 받아쳤다.

"생각보다 동안이라는 것만 밝히도록 하죠."

결국 나이는 들을 수 없었지만 상관은 없겠지 생각했다. 헌터에게 나이가 중요한 건 아니니까.

"근방에 있는 카페에 가서 얘기를 나눌까요?"

재현은 고개를 끄덕이며 육교를 건너 맞은편에 있는 카페에 들어갔다.

커플, 혹은 친구들과 만나 대화를 나누는 사람들로 포진을 이루고, 과제를 하는 듯 컴퓨터를 두드리는 학생도 심심찮게 보였다.

"뭐 드실래요?"

자신이 계산하겠다는 듯 현주가 물어봤다.

재현은 딱히 카페에 많이 가는 편이 아닌 터라 캐러멜 마키아토로 시켰다.

현주는 휘핑이니 시럽이니 다양하게 뭔가를 추가하며 시키고 계산한다. 계산을 마치자 점원이 게스트페이저를 주었다.

1층은 사람이 좀 있어 2층으로 향하니 한적하다. 사람도 몇 없었다. 재현과 현주는 창가에 앉았다. 막상 만나니 할 말이 없어진 재현.

"……"

"……"

처음 만나는 것이라서 어색한 것도 있었지만, 정작 만나보니 여성이었다는 것 때문에 더욱 할 말이 없는 것일 수도 있다.

"헌터로 일하게 된 지 얼마나 되셨어요?"

침묵을 깬 것은 현주였다. 재현은 잘됐다 생각하며 대답해 주었다.

"이제 2년 정도 됐어요."

"2년이요? 얼마 안 됐네요? 그래도 지금은 나름 할 만하시겠지만, C급 몬스터로 넘어가게 되면 더욱 힘들어질 거예요. 파티를 이뤄야 하는 경우도 심심찮고요. 무엇보다 속성 공격에 저항하는 몬스터들도 다수 생기기 때문에⋯⋯."

'⋯⋯음?'

현주는 이것저것 말하며 나름대로 조언을 해 주었다.

그녀는 본인이 겪었던 경험들을 토대로 그에게 설명해 주고 있는 것이다.

헌터가 된 지 고작 2년.

재현을 초급 헌터로 생각하고 말하고 있는 것이다. 실제로 그렇고 말이다.

중급 헌터가 되려면 능력의 발전이 뒷바탕이 되어야 하기 때문에 빨라도 5년, 평균적으로 7~10년은 걸리는 것이 정석이다.

"어⋯⋯ 말씀은 감사한데, 죄송하지만 저 이미 중급 헌터예요."

멋쩍은 듯 머리를 긁적이는 재현. 현주는 자신이 잘못들은 것 같은 표정으로 되물었다.

"중급 헌터라고요? 2년 만에?"

"중급 헌터가 된 건 거의 반년 이상 되었지만요."

그러니까 1년이 조금 넘었을 때 중급 헌터가 되었다는 말이다.

비상식적으로 빠르게 중급 헌터가 되었다고 하니 현주는 상당히 놀란 표정이 되었다. 하지만 여기서 놀라기에는 아직 일렀다.

"이제는 상급을 바라보고 있지만요."

현주는 더욱 믿지 못하겠다는 듯 재현을 바라보았다.

이런 시선은 익숙하기 때문인지 재현은 아무렇지도 않았다. 그래도 조금 민망하기 때문일까. 시선을 조금씩 피했다.

솔직히 자신이 생각해도 이건 비상식적인 속도다.

"잠시 손 좀 볼 수 있을까요?"

갑자기 손 좀 보여 달라고 하니 재현은 의아했지만, 못 보여 줄 것도 없기에 손을 내밀었다.

현주는 그의 손가락을 조물조물 만졌다. 손을 맞잡자 그녀가 정령력이 그의 몸 구석구석 누비는 것이 느껴졌다.

무엇을 하려는 건지 가만히 지켜보니 그녀의 기운은 곧 정령력 탱크까지 향했다.

몇 초 동안이지만 그녀는 손을 잡고 확인하는 것으로 그의 경지를 바로 알아보았다.

"말도 안 되는 굉장한 정령력을 가지고 계시네요. 정령력 탱크도 크고요."

"그렇게 대단한 건가요?"

정령들이나 주위 사람들이 대단하다고는 하는데 실제로 얼마나 대단한지 감이 안 잡히는 재현이다.

정령사인 그녀라면 정확히 판단을 내릴 수 있으리란 생각이 들었다.

"엄청나요. 선천적으로 타고났다고밖에 할 말이 없네요. 아마 과거 정령사들을 모두 합쳐도 재현 씨만 한 사람은 없을 거예요. 제가 그만한 경지를 이를 때까지 십몇 년이나 걸렸는데. 재현 씨는 그 속도가 우월해요. 심지어 제가 확인하는 와중에도 마치 수련을 하는 것처럼 정령력이 쌓이고 있어요."

현주는 감탄한 듯 탄성을 자아냈다.

그동안 대단하다는 말은 자주 들었지만 실제로 자신의 경지가 그 정도였다는 말인가.

그녀에게 들으니 얼마나 대단한 건지 확 와 닿았다.

'그냥 평소처럼 지내는 것만 해도 남들이 수련하는 만큼 쌓인다는 것은…….'

남들은 힘들게 수련할 때, 자신은 그냥 숨 쉬는 것만으로도 수련이 되고 있다는 것 아닌가.

이렇게 들으니 새삼 와 닿는 것이 달랐다.

재현도 속으로 엄청 놀라고 있었다.

이러니 고작 2년 만에 상급 헌터를 바라보는 것도 무리는 아니었다.

'난 엄청나게 축복받은 몸이었구나.'

설마 자신이 이토록 축복받은 몸일 줄이야.

재현 스스로도 꽤 놀라고 있었다.

현주는 그의 재능을 보고 그리움에 젖은 표정으로 말했다.

"제가 본 헌터 중 당신과 같은 사람이 한 명 있었어요."

"저와 같은 사람이 있었다고요? 그 사람도 혹시 정령사였나요?"

현주는 고개를 저었다.

"아뇨. 정령사는 아니에요. 역사에 기록된 최초의 헌터. 이름도 모르고, 우연찮게 얼굴은 딱 한 번 봤지만 당신과 비슷하게 재능이 엄청났죠."

그렇구나, 하고 생각하다 그녀의 말에서 문득 의아함이 들었다.

최초의 헌터.

자신이 잘못 들은 게 아닌가 다시 물어보았다.

최초의 헌터라 알려진 그 사람은 현재까지도 그가 누구인지 알려지지 않았으며, 최초이자 마지막 그랜드 헌터이다.

혼자서 S급의 몬스터를 물리친 그는 현재까지도 영웅시되는 전설적인 인물이다.

"최초의 헌터라고요?"

"네."

"그 사람을 봤다고요? 정말로?"

"예. 저는 헌터 1세대거든요."

최초의 '헌터'는 초기 능력자들을 가리켜서 나온 말이다.

지금은 능력이 없는 사람들이라고 해도 민간 헌터 회사가 차려져 몬스터를 사냥하는 모든 사람을 가리키는 말이 되었지만, 초기에는 그게 아니었다.

헌터 1세대는 유럽과 아메리카, 아시아를 유린한 강력한 몬스터에 대항해 싸운 이들이다.

생존의 시대 초기에 나타난 능력자들을 일컬어 헌터 1세대라 부른다.

정우는 아주 강한 힘을 보유하고 있지 않지만 나름 헌터 1세대다.

아무리 헌터에 대해 모르는 재현이라도 역사 교과서에

당당히 실려 있기 때문에 잘 알고 있다.

당시에는 능력자들도 많지 않았고, 능력이 막 각성하기 시작한 때였다.

충격적인 말을 들어 재현이 얼떨떨한 표정으로 그녀를 바라보았다.

생존의 시대는 약 20여 년 전의 일이다. 재현이 태어나고 얼마 있지 않아 끝났다. 그렇게 생각하니 문득 의문이 생겼다.

'잠깐 그럼 나이가……'

상당히 동안이라는 것만 알아 두라는 말을 했던 현주.

그 말을 들었을 때는 그냥 생각보다 나이가 많겠거니 했는데 나이가 보통 많은 게 아닌 모양이다.

그 당시 모든 능력자들은 치열한 싸움을 전개했었다.

나이가 많은 사람이든, 적은 사람이든 할 것 없이.

나이가 고작 아홉 살밖에 되지 않은 사람도 당시에 참전했다는 기록도 있다.

인류의 존망이 걸렸던 상황인 데다 능력자들이 귀한 시절이기 때문에 어린아이도 참전할 수밖에 없었다.

그나마 한국은 초기에 대응이 빨라 피해가 덜했고, 나서는 능력자들도 적었던 편이다.

'그 당시 나이가 상당히 어렸다고 해도…… 최소 40대

중반이라는 거 아냐?!'

TV 프로그램을 보면 실제로는 4~50대이면서 겉으론 20대로 보이는 동안이 출연하는 경우도 있었다. 재현도 보면서 깜짝 놀랐던 적이 있었다.

그런데 그걸 눈앞에서 목격하니 믿을 수 없다는 표정이 되었다.

한참을 멍하니 있다가 그가 다시 현실로 돌아온 것은 게스트페이저가 울렸기 때문이었다.

일단 그녀가 돈을 냈으니 자신이 들고오자고 생각해 자리에서 일어났다.

"제가 가지고 올게요."

"네. 조심해서 가지고 오세요."

재현은 1층 카운터에서 게스트페이저를 반납하고 커피와 디저트를 받아 다시 자리로 돌아왔다.

커피를 받아 든 그녀는 방긋 미소를 지으며 한 모금 음미한다.

"말했다시피 저도 아주 우연히 딱 한 번 본 거라서요. 자세한 건 몰라요."

재현은 아쉽다는 표정을 지었다. 그에 대해 물어볼 게 많았지만, 어쩌겠는가. 그녀도 한 번 봤다는데.

그는 아쉬운 감정을 뒤로하고, 일단 커피를 마셨다. 따뜻하고 달달한 맛이 그의 혀를 감싸 안았다.

커피를 거의 반 정도 비울 때쯤, 현주가 다시 말했다.

"그러고 보니 재현 씨의 정령과 제 정령이 아는 사이라고 했지요?"

재현은 고개를 끄덕였다. 노임과 바람의 정령이 서로 아는 사이라고 했다. 메타이온과도 친한 노임. 혹시 그 둘 또한 아는 사이가 아닐지 생각해 보았다.

"만난 김에 이곳에서 서로 놀게 해 줄까요?"

"그게 좋겠네요. 얘들아, 나와도 돼."

재현은 고개를 끄덕이며 정령들을 소환했다.

운다인, 썬다이넨, 메타이온, 노임이 그의 옆에 앉았다.

"실라이론, 다크니아스. 나오세요."

현주도 정령들을 소환했다.

상급 바람의 정령과 상급 어둠의 정령인 다크니아스다.

"실라이론!"

"노임!"

반갑다는 듯 서로 꼭 껴안는 실라이론과 노임.

얼마 전에 정령계에서도 만났을 텐데 마치 몇 년 만에 만난 것 같은 모습이다.

이곳에서 만난 것과 사뭇 다른 기분인 모양이다.

"메타이온도 있었네?"

"응, 오랜만…… 잘 지냈어……?"

"넌 중급 정령이 됐으면서 그 졸린 눈은 여전하구나?"

역시나 메타이온과도 아는 사이였던 모양이다. 아무리 속성이 달라도 서로 친하게 지내는 정령쯤은 몇몇 있을 것이다.

현주는 재현의 정령들을 보고 감탄했다.

"운다인, 썬다이넨까지. 네 명이나 계약한 정령사라니. 대단하시네요."

한편 정령들이 서로 '꺄아꺄아' 거리며 놀고 있을 때, 재현은 다크니아스를 바라보았다.

신기한 것도 있었지만 다크니아스가 그에게 시선을 고정시키고 있었기 때문이다.

설악산에서 그에게 다가온 다크니아스와 생김새는 확실히 달랐다.

다크니아스는 가만히 그녀의 옆에 앉아 그를 바라보고 있었다.

다크니아스는 재현을 한참 바라보더니 그의 이마에 시선을 고정시키고 있다가 흘러가듯 말했다.

"가계약을 한 게 확실해. 나와 같은 어둠의 정령과 연결되어 있다는 게 느껴져."

정령들은 그런 것도 느낄 수 있구나 생각했다.

"그리고 정령 일체화도 한 흔적도 보여. 최근에도 사용한 것 같아."

"그래?"

정령 일체화란 말에 재현이 놀랐다. 그리고 현주도 아무렇지도 않은 듯 대화하고 있었다.

"정령 일체화를 아세요?"

"알다마다요. 아마 정령 일체화를 쓰는 정령사는 재현 씨와 저밖에 없을 거예요. 정령 일체화는 어둠의 정령들이 독자적으로 개발한 기술이니까요."

어둠의 정령들의 독자적으로 개발한 기술. 어둠의 정령들만 알고 있던 것이니 다른 정령들은 몰랐을 게 당연했다.

실라이론은 이미 알고 있던 사실이기에 아무렇지 않았지만, 재현의 정령들은 이를 처음 알았다는 표정이었다.

"계약도 하지 않았는데 이를 알려 준 것을 보니 어지간히도 마음에 들었나 보네요. 하기야, 재현 씨의 재능을 봤을 때 어떤 정령이든 다 계약을 하고 싶어 하겠지만요."

그녀는 어깨를 으쓱 들썩이더니 포크로 빵을 쭉 찢어 입에 넣었다.

"더 이상 물어보지 않아도 확실하네요. 그럼 이제 진지하게 대화해 볼까요? 일단…… 제게 있었던 일부터 말하는 게 가장 좋을 거라고 생각하는데 어때요?"

지금까지가 서론. 이제 본론으로 넘어갈 차례다.

사뭇 진지한 표정의 현주를 보고 재현은 자신도 모르게 침을 목 뒤로 넘겼다.

뼈가 되고 살이 될 그녀의 말을 토씨 하나 놓치지 않겠다는 듯 재현은 귀를 열었다.

* * *

시간은 빠르게 지나 어느새 저녁이 되었다. 몇 시간이고 이야기를 나누는데도 그녀의 이야기에서 귀를 뗄 수가 없었다.

말도 청산유수처럼 잘하고, 가끔 쉴 시간도 주어 지루하지 않았다.

현주에게 들은 내용들은 어둠의 정령과 계약한 이후의 경험담이다.

어둠의 정령과 계약하면서 일어났던 일들과 자신이 타락해 가고 있다는 것을 알아낸 계기 같은 것이다.

사례에서 본 것보다 상당히 충격적인 일도 있었기에 재현은 정말 어둠의 정령과 계약하는 게 옳은가 하는 생각이 들었다.

'끊임없이 생명을 죽이고 싶고, 강해지려는 욕구가 강해지며 그 힘을 결국 인간에게 확인해 보고 싶다고?'

이건 보통 심각한 일이 아니다. 어둠의 정령과 아직 계약되어 있지 않아 영향은 없을 거라고 한다.

그것은 다행인데 만일 신중히 생각하지 않고 무턱대고 계약했다가는 그녀와 마찬가지로 같은 감정을 가졌을 것이다.

무엇보다 그것을 정말 인간에게로 향했다면…… 엄청 심각한 일이 되는 것이다.

그녀가 말하기를, 어둠의 정령의 힘은 사람을 타락시키는 것이 아닌, 인간의 본성을 극단적으로 끌어 올리는 것이라고 한다.

상대를 무릎 꿇게 하여 아래에 두려는 마음. 그것이 강해져 결국 인간에게 향하는 것이라고 한다.

"이를 제어하기 위해서는 많은 정신력이 요구가 되죠. 자신의 신념을 지키고, 변질되지 않게 해야 해요."

말은 쉽지만 과연 그게 쉬운 일일까? 말로는 쉽지만 막상 해 보면 엄청 어려울 것이 분명하다.

그녀도 어둠의 기운을 다스릴 때까지 꽤 오랜 시간이 걸렸다고 말할 정도니까. 그 과정에서 여러 번 주화입마에 걸릴 뻔했다고 한다.

꽤 많은 인내와 위험이 뒤따르는 수련인 것 같았다.

"하지만 제가 이를 도와 드릴 수는 있어요. 물론 공짜는 아니겠지만요."

돈이야 여유로우니 상관없다. 어차피 쓸 곳도 없는 돈. 한 달에 몇 억을 요구해도 쌓이는 이자를 계산하면 평생 쥐도 닳지 않는다.

"저의 제자가 되시는 건 어떠세요?"

"제자요? 돈이 아니라 그것뿐인가요?"

의아하다는 듯 바라보는 재현. 설마 돈이나 다른 것을 요구하지 않고 단지 제자가 되라는 것이니 의아할 수밖에 없었다.

"네. 돈이야 어차피 남아돌기 때문에 굳이 필요하지 않고. 예전부터 제자를 키우고 싶다는 생각을 했거든요. 재현 씨의 경우 가르치는 보람이 있으면서도 저도 배울 점이 있을 것 같고요."

재현에게 있어 손해 보는 장사는 아니다. 제자가 되는 것 외에 아무런 대가도 없이 가르쳐 준다니 오히려 이득이다.

"오히려 제가 기뻐할 일이지요. 제자가 되겠어요."

"후후, 시원스럽게 대답하는 게 마음에 드네요. 이래야 제 제자답죠."

현주는 자리에서 일어나며 헌터증을 꺼냈다.

"그럼 정식으로 절 소개하도록 하죠. 스승이 누구인지 모르면 곤란하잖아요? 전 대한민국의 5인의 마스터 헌터 중 한 명인 박현주라고 해요. 제자님."

재현이 손에 들고 있던 커피를 떨어뜨렸다.

그의 바로 눈앞에 다이아몬드처럼 빛나고 있는 푸른색의 헌터증이 보였기 때문이다.

Chapter 09

어둠의 기운을
받아들이고, 맞서라

현주는 재현의 집에서 그리 멀지 않은 곳에 살았다.

차를 탔을 때 교통 체증이 없으면 30분 내외의 거리였다.

그녀가 서울에 일이 있어 잠시 갔다가 그곳에서 재현을 만난 것일 뿐이다. 재현의 입장에서는 집과 거리도 멀지 않으니 참 다행이라는 생각이 들었다.

현주와 오늘부터 새벽부터 만나서 수련을 하기로 했다.

잠을 적게 잔다고 해서 딱히 아무렇지도 않으니 재현은 그러겠노라 하고, 새벽에 집을 나서서 현주와 만나기로 한 장소에 도착했다.

차를 타고 약 20분쯤 향하니 넓은 공간이 펼쳐진 곳이다. 조용하고 아늑한 곳.

현주는 미리 도착한 듯 서서 기다리고 있었다.

재현은 근처에 차를 대고 시동을 껐다.

그녀의 옆에는 다크니아스와 실라이론이 함께 서 있었다.

그녀는 재현이 차에서 내리자 반갑게 인사했다.

"제자님 오셨어요?"

차차 지내다 보면 그녀가 재현에게 반말을 하게 되겠지만, 당장은 하기 어색해서인지 존칭을 붙여 주었다.

"안녕하세요?"

"좋은 차 가지고 다니시네요. 길드 소속이었나요?"

현주는 재현의 트럭을 보고 이게 무엇인지 한눈에 알아보았다.

장갑차를 개조한 트럭.

겉으로는 잘 티가 나지 않지만, 어지간한 헌터들은 한눈에 보고 알아볼 수 있었다.

32억을 호가하는 트럭. 당연히 비쌀 수밖에 없었고, 개인이 사기에는 힘든 것이기도 했다.

물론 그녀도 한 대 가지고 있다. 다만 사냥을 나갈 때나 들고 가지, 평소에는 스포츠카를 몰았다.

"아뇨, 제가 구입한 거예요. 애초에 길드도 안 들었고요."

"길드에 들지 않았는데도 그걸 샀다고요? 우리 제자님 확실히 능력자네요."

짐짓 놀랍다는 표정을 짓던 그녀지만 대충 그에 대해 조사해 봤기 때문에 비교적 담담한 표정이었다.

"저기 재현아. 정령들을 소환해 줄 수 있어?"

실라이론이 거의 조르듯 말했다. 재현은 고개를 끄덕이며 정령들을 소환했다.

재현이 어제 그녀와 만난 후 정령들은 실라이론과 서로 친해진 상태였다.

메타이온과 노임이 실라이론과 친했던 것이 크게 한몫했다.

친구의 친구는 친구. 그것이 정령들의 생각이다.

다들 놀고 있는 것을 보니 자신도 모르게 흐뭇한 미소가 그려졌다.

실라이론이 상급 정령인 덕분에 언니가 놀아 주는 것 같이 보였다.

재현은 주머니에서 따뜻한 캔 커피 두 개를 꺼내 하나를 그녀에게 건넸다.

"날도 추운데 드세요."

물론 정령력 때문에 그리 춥지 않다고 느끼는 재현이다.

자신보다 더 높은 단계인 현주는 아마 자신보다 추위를
덜 느낄 것이 분명하다.

기본적인 예의가 있지, 이런 것이라도 대접해야 되지 않
겠는가.

"어머, 뇌물인가요?"

"헤헤. 잘 좀 봐주십사 해서요."

장난으로 말하는 현주와 맞장구를 쳐 주는 재현이었다.

"잘 마실게요."

이런 장난을 싫어하지 않는지 현주가 빙그레 웃으며 캔
커피를 따서 홀짝였다.

재현도 캔 커피를 따서 마셨다.

"캔 커피가 상당히 맛있네요? 차가운 것만 마셔서 그런
건가?"

캔 커피의 맛이 거기서 거기겠지만 한적하고 추운 날 마
시면 그 어떤 것보다도 맛있다.

재현은 주위를 둘러보았다.

가로등은커녕 어둠이 짙게 내린 새벽이다.

그나마 보름달이 떠서 주위를 밝히고 있지, 보름달이 아
닌 날에는 한 치 앞도 내다볼 수 없는 밤일 것이 분명하다.

"근처에 살면서 이런 곳이 있는지 전혀 몰랐네요."

나름 개발은 되고 있지만, 이곳은 도시에서 조금 떨어진

곳이었다.

앞에는 논밭이 펼쳐져 있고, 아파트도 멀찍이 떨어져 있다.

저 멀리 운송 적재 차량이 고속도로를 타고 이동하고 있고, 도로를 밝히는 가로등의 네온사인이 보였다.

이런 곳에 올 일이 없다 보니 그가 모르는 것도 무리는 아니다.

"그런데 이곳을 사용해도 되나요? 나중에 주인이 와서 따지거나 하면 곤란할 것 같은데."

지금 당장은 괜찮겠지만 나중에는 기술을 직접 사용해 볼 날도 있을 것이다.

그렇기 때문에 수련할 곳을 옮겨야 되지 않을까란 생각을 하는 재현. 하지만 그 걱정은 금방 해소되었다.

"괜한 걱정은 하지 않아도 돼요, 제자님. 이곳은 제 사유지니까요."

"……사유지였군요."

그런 이유에서 이곳으로 선정했던 거라고 파악한 재현이었다.

"네. 아무것도 모르는 시절에 부동산 업체한테 아파트가 들어선다고 해서 산 땅이에요. 물론 부동산 업자가 속였다는 걸 나중에서야 알게 됐지만요. 지금이야 그런 일을 안 당하지만 그때는 무지했고, 힘도 없었죠."

그렇게 안 보이는데 현주도 사기를 당한 적이 있구나 하는 생각이 들었다.

당시에도 헌터로 일했겠지만 아마 그리 강한 능력자는 아니었던 모양이다.

지금의 그녀에게 사기를 치는 순간 어찌 될지는 뻔하다.

마스터 헌터.

대한민국에서 다섯 명밖에 없는 헌터들이다.

평화로운 상태일 때는 그다지 힘이 없어 보일 수 있지만, 사실 알고 보면 보이지 않는 권력이 더 많았다.

유사시 상황일 때는?

현장에 있으면 상부의 말을 무시한 채 독단적으로 상황을 타개할 권력도 가지고 있다.

막강한 권력을 가지고 있으며 헌터에게 명령권까지 있기 때문에 사기를 치는 순간 대한민국에서 발을 붙이고 살아갈 수 없다고 봐도 된다.

"딱히 돈이 부족한 것도 아니고, 마침 혼자 있을 공간이 필요하다고 느낀 참이기에 그냥 아무 생각 않고 수련장으로 쓰기로 했지만요. 나중에 이곳에 집을 지을까도 생각 중이고요."

도시에서 떨어져 있다 보니 조용하고 자연의 정기 또한

나쁘지 않았다. 수련하기에 나쁘지 않은 곳이었다.

그렇게 대화를 하다 보니 어느새 캔 커피를 다 마신 현주. 그녀가 그에게 물었다.

"커피 다 마셨나요?"

"예. 어디에 버리면 되나요?"

쓰레기를 아무 곳에나 버릴 수도 없다. 무엇보다 이곳은 현주의 사유지. 스승의 사유지를 더럽히는 것도 좋은 일은 아니다.

"그냥 들고 계세요."

"네?"

무슨 말인가 싶어 멀뚱히 서 있자니, 그의 손에서 이변이 생겼다. 캔 커피가 찌그러지더니 형체도 없이 사라졌다.

"우왁?!"

재현의 눈이 동그랗게 변했다.

정령력이 느껴진 것을 보니 어둠의 정령이 무슨 짓을 한 것 같은데 어떻게 한 것인지 판단이 되지 않았다.

"어떻게 한 거예요?"

"어둠의 정령이 한 일이에요. 나중에 계약을 하면 알게 될 거예요. 자, 그럼 이제 얼른 수련을 시작해 볼까요?"

현주는 그 자리에 앉으면 된다고 말했다.

돗자리도 깔리지 않은 흙바닥이지만, 재현은 망설이지 않고 그 자리에 앉았다.

옷에 흙이 묻는 것쯤이야 일상적인 일이니 딱히 거리낄 것이 없었다.

끝나고 나서 운다인이 몇 초 만에 깔끔하게 만들어 줄 것이기 때문에 세탁 걱정도 없었다.

"자, 그럼 시간이 없으니 바로 수련을 시작할까요? 일단 오늘은 정령력 컨트롤을 연습해 볼 거예요. 정령 일체화를 하면서 어느 정도 감을 잡았을 테지만, 이게 어렵다는 건 잘 알죠? 오늘부터 익숙해질 때까지 이걸 연습할 거예요."

현주는 후후 웃으며 어디서 구한 것인지 마른 나뭇잎을 꺼내 들었다.

"여기에 정령력을 불어 넣으면 쫙 펴지면서 빳빳해질 거예요. 이 상태로 던지면 표창처럼 활용할 수 있죠. 급할 때 몬스터에게 던지면 아주 효과적이에요."

재현은 그런 방법이 있을지는 생각도 하지 못해 감탄했다.

확실히 자신보다 오랫동안 헌터계에 몸을 담은 정령사답다고 생각하며 재현은 그녀의 손에 들린 마른 나뭇잎을 건네받았다.

"정령력을 불어 넣으면 돼요. 무작정 불어 넣으면 안 되고, 나뭇잎의 강도를 생각해서 일정량을 덮어씌우면 될 거예요. 말로는 쉽지만 정작 해 보면 어려울 거예요."

계절상 푸른 나뭇잎을 구하기 어려워 어쩔 수 없이 낙엽을 주워서 해야 했다고 덧붙여 말하는 현주.

그 정도야 충분히 이해할 수 있기에 재현은 아무런 불평 없이 마른 나뭇잎을 엄지와 검지로 잡고 일단 정령력을 불어 넣어 마른 나뭇잎의 강도를 살폈다.

'확실히 조금이라도 강도를 세게 하면 부서지겠네.'

재현은 금방 알아채고 힘을 조절해 마른 나뭇잎에 불어 넣었다.

현주는 나뭇잎이 부서질 것을 대비해 여러 개를 준비해 놓은 상황. 하지만 그녀가 힘들게 모은 나뭇잎은 쓸 곳이 없어졌다.

재현의 손가락에는 그녀가 한 것처럼 날카롭게 벼려진 나뭇잎이 있었기 때문이다.

"……한 번에?"

설마 시작하자마자 성공할 줄 몰랐다는 듯 멍한 표정을 짓는 현주. 그녀의 얼굴은 거의 경악에 물들려고 했다.

'내가 한 달 이상 걸린 걸 시도하자마자?!'

재현은 멋쩍은 표정으로 뺨을 긁었다. 힘들다고 장담한

현주의 말이 무색해지는 순간이었다. 그녀의 표정을 보니 그녀가 무슨 생각을 하고 있는지 대충 알 수 있을 것 같았다.

"정령력 컨트롤이라면 예전에 연습해 봐서요."

"연습을 했다고요? 어떤 식으로요?"

"메타이온이 정령석을 만들 때 저도 만들어 보려고 좀 따라해 봤어요. 이게 꽤 어려워서 실패를 많이 해 봤지만 덕분에 정령력 컨트롤을 할 수 있게 됐죠."

연습을 한 방법은 자신과 다르지만, 일단 정령력 컨트롤을 진즉에 연습해 봤던 거구나 하고 생각하는 현주였다.

"그럼 정령력 컨트롤을 굳이 할 필요 없이 바로 시작하면 되겠네요."

설마 재현이 정령력 컨트롤을 연습해 이렇게 실력이 뛰어날 줄은 상상도 못 했다.

괜히 잘난 척한 것 같아 조금 무안한 현주였다.

재현은 그녀의 마음을 헤아리고서 화제를 돌려 버렸다.

"바로 어둠의 기운을 흡수하는 것을 시작해도 되겠죠?"

"네. 물론이죠. 설마 바로 시작하게 될 줄은 몰랐지만 빠르면 빠를수록 좋죠. 일단 어둠의 기운을 흡수하도록 하죠. 자, 일단 가부좌를 트세요, 제자님."

재현이 가부좌를 틀었다. 약간 어긋난 자세는 현주가 교정해 주었다.

"자, 그럼 눈을 감고 명상하세요. 그리고 어둠의 기운을 찾아 흡수하시면 돼요."

그 말에 재현은 손을 번쩍 들었다.

"궁금한 게 있는데 질문해도 되나요?"

"물론이죠."

"어둠의 기운을 흡수한다고 정말 도움이 될까요?"

계약도 하지 않은 상태로 한다고 어둠의 기운을 몰아내는 것이 가능할까?

"난생처음 먹어 보는 음식도 먹어 봐야 이게 맛있는 건지 맛없는 건지 알겠죠? 그거랑 같은 거예요."

참으로 알기 쉽게 대답해 주는 현주. 하지만 그녀의 대답은 재현이 생각해서 한 물음과는 조금 달랐다.

말에 오해가 있었던 것 같다.

재현이 아는 바로는 정령사인 이상 다른 속성도 몸에 담을 수 있지만, 그걸 일정량 담기 힘들다.

이유는 모르지만 그릇에 물을 담는 것과 같다고 할까.

작은 그릇에 물을 채워 넣는데 계속 넣으면 언젠가 넘치는 법이다.

재현은 그것을 염두에 두고 한 말이었다.

"아뇨. 제 말은 계약을 하기 전 어둠의 기운을 흡수해서 어둠의 기운을 물리는 것에 도움이 될까였어요. 정령력 탱크처럼 정령력이 넘치면 헛도는 것처럼요."

"그러니까 말했잖아요. 저도 처음 시도하는 거라고."

약간 무책임한 말일 수 있지만, 어둠의 정령과 계약을 하고 이러한 전철을 밟았던 그녀다.

어둠의 정령과 계약하기 전인 재현과 시도하는 것부터가 달랐다.

'되면 좋고, 안 되면 계약하고 하면 된다는 거로군.'

"이론상으로는 가능하다고는 생각해요. 계약이 됐거나 안 됐거나 일단 기운을 다스릴 수 있다는 것이 분명 도움이 될 테니까요. 해 봐서 나쁠 건 없을 거예요. 안 되면 계약을 할지 안 할지 생각하면 되겠죠. 안 한다고 해도 다른 정령들의 힘을 키우는 데 분명 도움이 될 거예요."

계약을 하든 안 하든 이득이란 소리다. 재현에게 있어 손해 볼 것이 전혀 없는 것.

밑져야 본전이다.

어둠의 정령과 계약을 하지 않은 상태이니 크게 문제 될 건 없어 보였다.

재현은 그리 생각하고 나서 다른 질문을 했다.

"어둠의 기운을 찾아 흡수하라고 하셨는데, 어둠의 기운은 구체적으로 어떤 느낌인가요?"

물의 기운은 촉촉하고 청아한 느낌, 번개의 기운은 짜릿하고 활발한 느낌이다.

금속의 기운과 땅의 기운도 천차만별이다.

어둠의 기운도 이와 비슷한 느낌이 있을 텐데, 대충 느낌만 알려 주면 더욱 쉽게 찾아낼 수 있을 거라는 생각이 들었다.

그러나 현주는 곤란한 표정을 지었다.

"설명하기 굉장히 까다로운 질문이네요. 마음 같아서는 말해드리고 싶어요. 바람의 기운처럼 상쾌하고 시원한 느낌이라고 구체적으로 말할 수 있으면 좋을 텐데, 어둠의 기운은 형용하기 힘들거든요. 굳이 말하자면……."

그녀는 잠시 생각에 잠겼다. 어떻게 말하는 게 좀 더 표현하기 쉬울까 고민에 잠겼다.

한참을 곰곰이 생각하던 그녀가 간신히 입을 열었다.

"공허하다? 그런 느낌이 강하다고 할까요? 그래도 아마 찾아내기는 힘들 거예요. 그만큼 어둠의 기운은 은밀하게 숨어 있거든요."

공허하다는 게 무엇인지, 은밀하다는 것은 또 뭔지 잘 모르겠다.

하지만 일단 해 보면 알게 되겠지 생각하며 재현은 흐트러진 자세를 교정하고 명상하듯 눈을 감았다.

지금 그가 가장 먼저 해야 할 것은 어둠의 기운이 무엇인지 찾아내는 것이었다.

＊　　　＊　　　＊

　　그렇게 며칠이 지났다.

　　재현은 여전히 어둠의 기운을 찾아내는 것에 집중하고 있었다.

　　아무리 찾아내려고 해도 딱히 이거다 싶은 것이 없었다.

　　은밀하다고 해도 조금 더 집중해서 찾아내 보았지만 마찬가지다.

　　그간의 경험으로 조급함을 내고 있지는 않지만 답답한 느낌이었다.

　　"제자님. 다른 생각하는 거 다 알아요. 집중하세요."

　　그가 집중을 하지 못할 때쯤이면 현주의 말이 들려오고는 했다.

　　재현은 다시 집중하며 어둠의 기운을 찾는 데 집중했다.

　　이를 바라보는 현주는 생각에 잠겨 있었다.

　　'역시 정령과 계약을 해야 하려나?'

　　어둠의 기운이 무엇인지 모르는 사람에게 찾아내라고 한 것이 잘못이었을 수 있다.

애초에 정령사는 자신이 계약한 정령들의 속성을 찾는
건 쉽지만 다른 기운을 찾는 건 매우 힘들다.

정작 어둠의 정령과 계약한 본인만 하더라도 구체적으
로 설명을 못 하고 있다.

그런데 어둠의 정령과 계약하지 않은 이에게 찾으라고
하는 건 역시 무리한 요구였던 것 같다.

'가계약을 했다 해도 무리였나?'

아예 계약을 하지 않았더라도 가계약을 해 놓은 상태라
면 그래도 찾는 것이 용이하지 않을까 생각했지만 아닌 모
양이다.

며칠 더 두고 보고 안 되면 다른 방법을 찾아보는 게 좋
을 듯싶었다.

한편 묵묵히 그녀의 말에 따르고 있던 재현은 계속해서
어둠의 기운이 무엇일지 곱씹어 보았다.

'공허하고, 은밀한 느낌이라.'

재현은 그간 다양한 시도를 해 보았다.

좀 더 시야를 넓게 가지기로 하고 이것저것 살펴보기도
하고, 주위에 떠돌아다니는 기운을 천천히 더듬어 보기도
했다.

그러나 딱히 짚이는 게 없었다.

자신에게 친숙한 기운들만이 주변에 모여들 뿐이다.

그래도 포기하지 않고 열심히 찾았다.

찾다 보면 언젠가는 발견하겠지만, 그것도 며칠이 지나자 서울에서 김 서방을 찾는 거나 다름이 없지 않나 하는 생각이 들었다.

'그러고 보니 스승님은 딱히 이거라고 정의하지 않았지?'

공허하다, 은밀하다. 두 단어만 믿기에는 부족하다고 생각했다.

현주는 그런 느낌이 강하다고만 했지 딱 짚어 이거라고 하지 않았다.

본인도 그것에 대해 구체적으로 설명할 수가 없다고 했다.

결국 재현은 스스로 계속 찾아봐야 하나, 하는 생각을 하게 되었다.

'생각해 내자. 다크니아스가 내 앞에 나타났을 때의 그 느낌을.'

처음 만난 건 기억이 나지 않지만, 두 번째와 세 번째는 기억이 난다.

그 당시의 느낌을 살려 보자고 생각하며 당시의 기억을 떠올린다.

최근 녀석과 만났던 것이 가장 느낌이 확 와 닿았다.

그 느낌을 기억하고자 한다.

암흑 속에 있었던 자신은 무슨 느낌이었는가.

몸은 붕 떠 있고, 심해 속에 갇힌 느낌이었다. 또 홀로 있는 것 같은 기분도 들었다.

고독 속에 갇힌 느낌이라고 할까?

'부정적인 느낌?'

이것을 떠올리니 재현이 뭔가 알아냈다는 듯 더욱 샅샅이 주변을 훑었다.

그가 몇 번 기운을 훑으면서 본 것 중에 부정적인 느낌이었던 것이 확실히 있었다.

해가 완전히 뜨기 전에 찾아내야 한다.

현주가 말했었다.

굳이 이렇게 새벽에 수련을 하는 이유는 짙은 어둠 속에 어둠의 기운이 충만하기 때문이라고 했다.

어둠의 기운이 충만할 때 하는 것이 찾기가 수월하기 때문에 이를 진행하는 것이다.

재현이 감을 잡자 그는 기감을 넓히기 시작했다.

순간 그의 기운이 달라진 것을 느낀 현주와 정령들은 이를 가만히 지켜보기 시작했다.

한참을 더듬은 재현. 완전히 해가 뜰 무렵, 그는 결국 어둠의 기운을 찾아낼 수 있었다.

"아!"

갑자기 눈을 확 떴다.

그가 눈을 뜨자 본 것은 이쪽을 바라보고 있는 현주와 정령들이었다.

아침의 냄새가 정신을 더욱 맑게 해 주고 있었다.

현주가 빙그레 미소를 지었다.

"찾았나요?"

굳이 묻지 않아도 찾아냈다는 것을 알고 있다는 표정.

재현이 기쁨을 감추지 않고 겉으로 다 보이며 고개를 주억였다.

"네, 찾아냈어요."

"축하드려요, 제자님."

그녀는 짝짝 박수를 쳐 주었다.

재현의 정령들은 그에게 안겨 들며 축하한다고 말하고는 애교를 부려 왔다.

재현은 모두의 머리를 한 번씩 쓰다듬어 주며 같이 기뻐했다.

수련을 시작한 지 이제 일주일.

드디어 어둠의 기운을 찾는 데 성공했다.

* * *

어둠의 기운이 무엇인지 찾아내기 무섭게 재현은 어둠이 내려앉으면 그 즉시 수련에 임했다.

잠은 최소한으로, 어둠의 기운은 계속해서 담는다!

하루에 세 시간 정도만 취침해도 이튿날 피곤한 기색도 없이 최상의 컨디션을 유지할 수 있는 재현이다.

덕분에 그는 새벽 내내 수련을 하고도 이튿날 멀쩡한 상태로 사냥에 나설 수도 있었다.

하루 빨리 어둠의 기운을 담으려는 재현이지만 현주는 이를 말렸다.

어둠의 친화력이 쌓이지도 않은 상태에서 갑작스럽게 대량의 기운을 받아들이면 폭주할 수 있다는 것이다.

수련을 하더라도 건강을 중요시해야 하기 때문에 그녀가 정해 준 일정대로 수련에 임했다.

이에 대해 잘 아는 것은 현주이다. 재현이 아니라고 생각해도 그녀가 맞다고 하면 맞는 것이다.

그렇게 새벽이 되면 어김없이 약속 장소로 와 수련에 매진하는 재현이었다.

이를 지켜보던 현주. 재현의 정령과 실라이론은 재현의 수련을 방해하지 않게 하기 위해 저 멀리 떨어져 놀고 있었다.

그의 옆에 남아 있는 것은 다크니아스와 현주뿐이다.

현주가 잠깐 자리를 비워야 할 때도 돌발 상황에 대비해 다크니아스는 항상 그의 옆에 놔두었다.

어둠의 정령만큼 어둠의 기운을 잘 다스리는 정령도 없다. 의도치 않게 어둠의 기운이 역류하면 다크니아스가 이를 막아 주기로 했다.

재현은 지금까지도 별 탈 없이 진행되고 있었다.

'정령력을 아예 물을 들이켜듯이 하는구나. 나와 확실히 다르네.'

혹시 재현이 다른 방법으로 정령력을 잔뜩 쌓는 게 아닌가 내심 기대도 해 봤던 그녀였다.

그러나 재현은 다른 정령사들과 다를 바 없이 수련을 했다.

단지 정령력을 골라서 흡입하는 양이 확실히 다르다는 것뿐이다.

그녀가 30분 정도 수련해야 쌓을 수 있는 정령력을 재현은 단지 숨을 크게 한 번 들이마시는 것으로 흡수할 수 있었다. 정녕 말도 안 되는 성장 속도였다.

'정령을 다룬 경험 때문에 금방 어둠의 기운을 흡수할 수 있을 거라고 말하긴 했지만…… 흡수하는 게 내가 생각한 것보다 빠른데?'

과연 정령에 특화된 재능이 있는 사람다웠다.

그가 정말로 수련을 시작하자 정령력이 차오르는 속도가 말도 안 되는 수준이다.

재현이 기운을 흡수하는 것을 봤을 때, 자신은 몇 날 며칠을 해야 될 것을 그는 몇 시간이면 해낼 정도였기 때문이다.

이건 재현이 타고난 기질이었다. 그녀가 아무리 발악해도 결코 재현을 따라 할 수 없었다.

'정령력 탱크가 크기 때문일까? 중급 정령사인 것에 비해 정령들을 턱없이 많이 부리고 있는 것도 크게 한몫을 하고 있어.'

그의 정령력 탱크를 확인해 본 현주는 그가 얼마나 말도 안 되는 크기의 그릇을 가지고 있는지 잘 알고 있었다.

처음 봤을 때 티를 내지는 않았지만 네 명의 정령을 부리는 것을 보고 속으로 꽤 놀랐던 현주였다.

중급 정령사가 네 명의 정령을 동시에 소환해서 부린다니. 거기다 지금 상급 어둠의 정령까지 부리기 위한 수련을 진행 중이다.

마스터 헌터인 현주라면 충분히 가능한 일이긴 하지만, 그와 같은 중급 정령사였을 때는 절대 꿈에도 꾸지 못할 일이었다.

그는 이를 당연하게 생각하고 있지만 그의 경지를 보았을 때 비정상적인 일이다.

괴물이 따로 없다.

재현의 정령력 탱크는 상급 정령사인 자신보다 더 컸으며 그것이 거의 꽉 찬 상태다.

자신이 이룩한 것을 그는 단 몇 년 만에 넘어설 정도로 재능이 뛰어나다.

세계 어느 나라에서도 재현과 같은 사람은 없을 것이다.

이를 보고 불합리하다고 생각하면서도 그가 부러운 현주였다.

대한민국, 아니 세계에서 손꼽히는 정령사 중 한 명인 그녀인데도 그의 능력이 무서울 정도였다.

그러나 현주는 재현이 꼭 지금과 같이 앞으로도 잘나가리라는 생각은 하지 않았다.

이것은 정령사에게 축복이라고 할 수 있지만, 어떻게 보면 불행이기도 했다.

'단기간에 강해지는 만큼 깨달음을 얻기가 힘들겠지.'

잘나가던 어느 순간 큰 벽에 부딪힌다면 엄청난 좌절에 빠지지 않을까 하고 생각했다.

정령사, 마법사, 초능력자 할 것 없이 언젠가는 다 겪는 현상이다.

잘해 나가다가 벽에 부딪혀 능력의 발전이 늦어진다.

초능력자들보다 마나 혹은 기(氣)가 근간이 되는 능력을 가진 이들은 그것이 더욱 심했다.

재현은 과연 벽에 얼마나 부딪혀 봤을까?

몇 번 부딪혀 보았다고 해도 과연 남들과 같았을까?

그녀는 아니라고 생각했다. 재능이란 원래 그런 것이다.

남들은 힘들다고 여겨지는 높은 벽을 간신히 부서뜨려 올라서는데, 그는 그 벽 자체가 없었다고 봐도 무방했다.

아무리 뛰어난 재능을 가진 사람이라고 해도 높은 벽이 없을 수는 없었다. 그리고 막상 그 벽을 마주했을 때, 크게 당황하기 일쑤다.

천재란 남들이 힘들어하는 것도 별로 힘들지 않게 허물고 올라서기 때문에 남들은 매번 느꼈던 작은 벽이 그에게는 태산처럼 느껴질 수도 있었다.

쉽게 쟁취한 만큼 벽을 허문다는 것이 얼마나 힘든지 그제야 체감한다. 천재란 다 그러한 것이다.

지금까지 맛본 것 중 정말 큰 벽을 마주칠 때 엇나가기 십상이었다.

스스로 극복해 내기 힘들 것이니 벽에 부딪히면 옆에서 도와주자고 생각했다.

엇나가려고 하는 제자를 잘 잡아 주는 것이 바로 스승이

지 않겠는가.

그것이 자신이 생각하는 스승의 모습이라고 생각하는 현주였다.

*　　　*　　　*

재현이 어둠의 기운을 담은 어느 날, 현주는 상의를 탈의한 채 가만히 누워 있는 재현의 등에 손을 올려 두었다.

"흠…… 어둠의 기운이 자리를 잡았군요. 확실히 예상보다 빠르긴 빠르네요. 이 정도면 하급 어둠의 정령도 끌려서 올 정도예요."

어둠의 기운을 수련한 지 한 달이 거의 다 되어 갔을 무렵이다.

재현의 어둠의 친화력은 벌써 어둠의 정령들이 관심을 가질 정도가 되었다.

간혹 그와 계약하고 싶다고 찾아오는 어둠의 정령들이 생기기 시작한 탓이다.

하지만 곧 재현의 이마에 새겨진 가계약의 증표를 보고 발걸음을 돌리는 경우가 허다했다.

어떤 중급 어둠의 정령은 재현에게 몰래 접근해 가계약을 파기하고 자신과 하는 게 어떠냐고 하기까지 했다.

이를 현주의 다크니아스에게 말하니 그때부터 다른 정령들의 접근을 완전히 차단해 버렸다.

접근해 오는 모든 정령들을 탐탁지 않은 표정으로 다 쫓아내 버렸다.

게다가 특단의 조치로 정령계에 있는 자신이 아는 어둠의 정령들에게 그 녀석에 대해 말해 놓았다는 것이다.

소멸시키거나 하지는 않겠지만 그 녀석은 정령계에서 죄인 취급을 받고 있는 모양이다.

어떤 일이 생길지 모르지만 정령들 사이에서 남이 찜을 해 놓은 계약자를 가로채 가는 건 용납할 수 없는 행위인 것 같았다.

그것이 설령 미수에 그쳤다고 해도 말이다.

그런 일상을 보내는 와중, 현주가 몇 가지 체크를 할 게 있다며 질문을 하고 있었다.

"최근 일어난 증상 중 특이한 사항은 없었나요? 심경 변화요."

참고로 그것은 재현에게 하는 질문이 아닌 정령들에게 하는 것이었다.

그녀와 만나고 일주일 정도 후에 알게 된 것이 하나 있다.

그녀는 자신의 정령들이나 한참 어린 사람들에게도 존

댓말을 한다는 것이다. 덕분에 재현을 부르는 호칭은 여전히 제자님이었다.

계약자의 감정을 느낄 수 있는 정령들은 그의 심경변화 같은 것을 제대로 인지하고 있었기 때문이다.

"재현이가 많이 예민해진 것 같아요."

"겉으로는 잘 표현하지 않는데, 속으로 화를 잘 내는 것 같기도 해요."

평소 다른 이들에게 반말을 하던 정령들은 현주가 존댓말을 하니 자신도 모르게 존댓말을 하고 있었다.

실라이론과 다크니아스는 오랫동안 함께해 온 덕분에 편하게 부르고 있지만, 그녀와 같이 지낸 지 얼마 되지 않으면 그와 같은 반응을 보인다.

심지어 다크니아스도 처음 그녀와 계약했을 때 존댓말을 꼬박꼬박 할 정도니 말은 다한 셈이다.

"우리 제자님은 착하신 분이시군요. 그만큼 어둠의 기운을 담았는데도 겉으로는 화를 안 내는 걸 보니."

최근 예민해졌다는 생각이 많이 들었다. 메타이온과 노임도 옆에서 거들어 재현의 심경 변화를 말해 주었다.

가만히 듣고 있던 현주는 고개를 끄덕이더니 말했다.

"그래도 이 정도면 양호한 편이에요. 제자님."

"그런가요?"

"네. 그저 심술궂은 어린애의 투정 정도라고 할까요?"

"……."

자신이 어린애처럼 행동한다고 생각하는 걸까?

나이가 거의 곱절에 가까운 현주다 보니 어린애처럼 보일 수도 있겠구나 하는 생각이 들기도 했다.

"아, 윤정이와 오늘 대판 싸웠어요. 덕분에 각방 쓰다가 나왔어요."

"어머, 정말요?"

"썬다이넨!"

썬다이넨은 하지 않아도 될 말을 현주에게 했다.

정령들에게 이것저것 들었는데, 윤정에 대해서도 들었던 현주다. 덕분에 재현의 개인사와 그의 여자 친구의 이름 정도는 알고 있었다.

재현은 한숨을 푹 내쉬었다.

그냥 웃고 넘어갈 만한 일에 갑자기 짜증을 내거나 예민하게 굴어 덕분에 윤정과 몇 번 싸우기도 했는데 그게 오늘 더 심하게 터져 버렸다.

"개인 사정을 듣고자 한 게 아니지만 나중에 잘 화해하세요. 어둠의 힘이 주된 원인이니 잘 설명하면 될 거예요. 잘 안 된다면 제가 여자 친구분께 잘 말해드리도록 하죠."

"……네."

"어쨌든 딱히 살의가 들거나 그런 건 없다는 거죠?"

"네."

그나마 다행인 것은 살의가 들거나 한 적은 없다는 것이다.

어둠의 기운이 빠르게 모였어도 흡수한 양은 아직 적어 당연하다고도 생각할 수 있지만 꼭 그렇다고 볼 수 없었다.

사람들마다 체질이 다른 것처럼 성격도 다르고, 받아들이는 것도 다르다.

고작 코딱지만 한 어둠의 기운만으로 살의를 갖게 되는 사람도 있다는 것이 현주의 생각이다.

"그럼 이제부터 다른 수련으로 넘어가도록 하죠. 지금부터 어둠의 기운을 흡수하는 걸 중단하세요."

재현은 고개를 끄덕이며 자리를 털고 일어났다.

오랫동안 가부좌를 틀고 앉았더니 몸이 삐거덕거렸다.

그는 간단한 스트레칭으로 몸을 풀었다.

움직일 때마다 관절이 삐걱거리는 것이 운동이 절실해 보였다.

최근 수련한다고 운동도 쉬고 있었는데 오늘 해야 될 필요성을 느꼈다.

"이제 어둠의 기운을 물리는 기술을 알려드릴 거예요."

"예?"

기껏 모은 어둠의 기운을 이제는 물린다고?

재현은 멍한 표정으로 그녀를 바라보았다.

"그 힘을 다 빼내라는 게 아니에요. 그리고 이미 흡수한 힘을 빼는 건 불가능해요."

현주는 후후 웃으며 어둠의 기운을 흡수하기 시작했다.

일부분 모은 그녀는 심호흡을 하기 시작했다.

"지금 제자님께서 받아들이신 어둠의 기운은 아직 걸러지지 않은 거예요. 이것을 일일이 걸러 내며 순수한 어둠으로 바꾸도록 해야 하죠. 술을 만들 때 불순물을 건져 내는 것과 같은 거예요."

그러니까 정제하는 것과 비슷하다는 얘기다.

알기 쉽게 말해 준 덕분에 재현은 그제야 이해한다는 듯이 고개를 끄덕였다.

"이 과정을 거쳐야 어둠의 힘이 순수한 기운으로 바뀌죠. 스스로 절제가 가능하게 되는 거예요."

그녀는 자신이 어둠의 정령과 계약하면서 타락하지 않을 수 있던 것은 다 어둠의 기운을 정제했기 때문이라고 설명을 덧붙여 주었다.

"참, 그리고 어둠의 기운만이 아니라 다른 기운도 함께하면 더욱 좋아질 거예요."

"하게 되면 좋은 점이 뭐죠?"

"정령들의 공격 위력이 높아지죠."

그런 좋은 방법이 있을 줄이야……! 재현은 이번 것은 반드시 배워야 될 필요성을 느꼈다.

정령들의 공격 위력이 높아진다.

그 얘기는 곧 능력을 검사받을 때의 수치에도 영향을 미친다는 뜻이다.

또한 굳이 그것이 아니라도 앞으로 사냥을 할 때 큰 도움이 될 테니 배워 둬서 절대 손해는 아니다.

그는 새로운 것을 알고 눈이 초롱초롱 빛나고 있었다.

"의욕에 불타는 제자의 모습을 보니 뿌듯하네요. 그럼 차근차근 알려드릴 테니 바로 시작할까요?"

"네!"

재현은 군기가 바짝 든 훈련병처럼 짧고 강하게 대답하며 의욕을 보였다.

그녀는 그가 의욕을 불태우자 호호 웃었다.

*   *   *

정제를 한다고 해서 앉아서 해야 한다는 것은 달라지지 않았다.

현주의 경우 굳이 가부좌를 틀지 않아도 충분히 정제를 할 수 있다고 하지만, 재현은 아니었다.

그녀의 경우에는 생존의 시대 당시, 끊임없이 몰아치는 몬스터들 때문에 수련을 할 시간이 적었다고 한다.

그 때문에 걷고 대화하면서 어둠의 기운을 물리는 방법을 채득했다고 한다.

이제는 싸우면서도 그게 가능할 정도라고 하니 말은 다 한 셈이다.

재현은 그런 노하우를 알려 줘도 처음 하기 때문에 수련하는 것처럼 가부좌를 틀어야 했다.

익숙해질 때쯤이면 그녀가 노하우를 알려 주겠다고 했지만 이것도 꽤 힘든 과정이 필요하다고 한다.

지금 당장은 정제하는 법부터 배워야 하기 때문에 다시 가부좌를 틀고 앉았다.

어둠의 기운만 흡수하지 않을 뿐이지, 가부좌를 틀고 앉는 것은 변하지 않았다.

재현은 그녀가 알려 준 것을 떠올렸다.

첫 번째, 어둠의 기운이 어디에 자리 잡았는지 확인하라.

체내 깊숙이 자리 잡은 어둠의 기운이 어디에 있는지 찾아내는 것이 가장 중요하다고 한다.

이것은 그리 어려운 일이 아니기 때문에 이건 금방 찾아낼 수 있을 거라고 현주가 호언장담할 정도다.

재현은 천천히 진행해 나가며 자신의 몸 구석구석을 살폈다.

이동하는 도중에 그는 다른 기운이 있는 위치까지 찾아낼 수 있었다.

'친화력이 높을수록 그 기운의 크기가 더 크구나.'

처음 해 보는 일이기 때문에 모든 것이 생소했다.

재현은 그렇게 정령들의 기운을 찾아가면서 번개의 기운, 금속의 기운, 땅의 기운까지 찾아냈다.

큰 덩치의 녀석들과 숨바꼭질을 하는 것 같은 기분에 웃음이 나왔다. 덩치 큰 녀석이 작은 공간에 숨은 느낌이라고 할까?

이게 놀이처럼 느껴질 정도다. 그러면서 자신이 얼마나 많은 양의 친화력을 쌓았는지 알 수 있었다.

스스로에 대한 만족감을 느끼면서 더듬더듬 찾아간다. 곧 구석진 곳에서 잠잠히 있는 어둠의 기운을 찾아낼 수 있었다.

작게 웅크리듯 구석진 곳에 잘 숨어 있어 좀 애먹었지만 어쨌든 찾아낼 수 있었다.

재현은 어둠의 기운을 찾아낸 것에 대한 기쁨보다 놀라

움이 먼저 들었다.

'고작 이 정도인데 사람의 심성에 영향을 주었단 말야?'

어둠의 기운을 몸에 담기 시작한 지 얼마 되지 않았다.

그 크기를 비유하자면 작은 알갱이 정도라고 할까?

고작 그 정도일 뿐인데 재현은 별다른 스트레스를 받지 않았는데도 불구하고 꽤 예민해졌다.

이 정도만 해도 사람에게 영향을 주고 있는데 여기서 더 커지면 어떻게 될지 안 봐도 뻔했다.

살의를 품지 않았는지 물어본 이유를 이제야 알 것 같았다.

'무섭구나. 어둠의 기운.'

이러하니 얼른 다음 단계로 넘어가기로 했다.

두 번째. 어둠의 기운을 정령력으로 꽉 붙잡아라.

속성을 가진 기운들은 유동적이기 때문에 붙잡지 않으면 금방 어디로 훌쩍 이동해 버린다.

어둠의 기운은 구석에서 잔뜩 웅크리고 있었지만, 언제 도망갈지 모르는 일이다.

재현은 정령력을 사용해 어둠의 기운을 붙잡았다.

'……어쭈?'

녀석이 부르르 떨더니 꽉 붙들고 있는 정령력을 벗어나

려고 했다.

'어딜 벗어나려고 해? 넌 도망 못 간다!'

정령력을 더욱 세게 몰아붙여 꽉 붙드는 재현.

반발하듯 계속 저항하는 녀석이었지만 녀석의 힘을 압도하며 붙들어 두자 결국 저항도 잠잠해졌다.

물의 기운처럼 비대한 기운도 그의 힘에 저항하지 못할 텐데 이런 작은 녀석이 저항해 봤자 무의미한 일이다.

세 번째. 꽉 붙잡은 정령력을 바늘처럼 만들어 어둠의 기운 깊숙이 들이밀고 불순물만 따로 빼내라는 것이다.

'이렇게 작은 기운을 어떻게 빼내라는 거지?'

작아도 너무 작다. 하지만 해야 했다.

현주도 할 수 있다고 하니 군말하지 않고 일단 그녀가 하란 대로 해 보았다.

정령력을 바늘처럼 뾰족하게 만들어 보았다.

정령력 컨트롤을 연습하라고 한 이유가 다 이것이었다.

처음부터 정령력 컨트롤을 연습하지 않았다면 이 정도 실력이 되기까지 꽤 오래 걸릴 뻔했다.

절대 시간 안으로 못 맞췄을 것이라 확신하며 그는 일단 그 기운에 정령력을 들이밀었다. 그러자 갑자기 녀석이 또 저항한다.

그의 정령력을 자신의 기운으로 바꾸려고 하고 있었다.

자신의 힘이 빠져나가는 기분에 재현이 화들짝 놀라며 눈을 떴다.

"쿨럭?!"

재현이 갑자기 피를 토했다.

체내에서 집중하여 만들어 낸 정령력이 갑자기 펼쳐져 내상을 입었기 때문이다.

"재, 재현아!"

그가 심하게 기침하며 피를 토하자 당황한 정령들이 일제히 곁으로 달려왔다. 재현은 입을 막으며 계속 기침을 했다.

기침을 할 때마다 검은색 피가 토해졌다.

현주가 그의 등에 살포시 손을 얹으며 상태를 확인했다.

"이런. 내상을 입었네요. 운다인. 얼른 치료수 부탁해요."

다들 재현을 걱정하는데 현주는 그의 상태까지 봐 가며 정확히 어떻게 해야 하는지 지시했다.

마스터 헌터가 허울은 아닌지 갑작스러운 상황에서도 그녀는 당황하는 모습을 보이지 않고 차분하게 대처했다.

운다인은 황급히 치료수를 만들어 그에게 건넸다.

재현은 치료수를 건네받고 물을 마셨다.

"체내에서 가득 떠돌고 있는 정령력을 다스리지도 않고

하시는 건 자살행위예요. 다음부터는 조심하세요."

단 한 번도 자신의 체내에서 정령력을 가득 모은 적이 없기 때문에 내상을 입을 수 있다는 걸 처음 알았다. 그러는 한편 재현은 그녀를 바라보며 질문했다.

"어둠의 기운이 제 힘을 흡수해서 당황했어요."

"흡수를 당했다고요?"

그게 무슨 말이냐는 듯 바라보는 현주. 오히려 그 반응에 의아한 것은 재현이었다.

"스승님은 이런 일 없었나요?"

현주는 곰곰이 생각하다가 뭔가 떠올랐는지 손뼉을 쳤다.

"아, 그러고 보니 그런 일이 있었네요."

"예?"

"너무 오래전이라 생각이 안 났어요. 그건 사과하죠."

"……."

재현은 황당한 표정을 숨기지 않고 그녀를 바라보았다.

그런 중요한 게 있었으면 잊지 말아야지 그걸 이제야 말해 주면 어쩌자는 것인가.

그의 원망 섞인 표정을 뒤로한 채, 현주는 오래전 일을 떠올리는 듯 곰곰이 생각했다.

"그러고 보니 그 당시에 제 힘을 흡수하려고 했었죠. 더 강한 기운으로 틀어막아 버리고 불순물을 제거했었지만요."

오래전 일이라고 하니 원망만 할 수 없는 노릇이다. 재현도 오래전에 일어났던 일들을 다 기억해 낼 수는 없었으니까.

"흡수하게 놔두세요."

"……네?"

혹시 잘못 들었나 되물으니 다시 대답해 주었다.

"녀석이 정령력을 흡수하도록 놔두세요."

"그럼 녀석의 힘이 더욱 커질지도 모르는데요?"

"차라리 그게 편할 수도 있어요. 그건 녀석에게 있어서 자살행위거든요. 풍선에 과다하게 공기를 넣는 것과 같다고 해야 할까요? 다행인지, 불행인지. 덕분에 더욱 편하게 어둠의 기운을 물릴 수 있을 것 같아요."

"터지지는 않나요?"

"풍선으로 비유했지만 실제로 터지지 않으니까 안심하세요. 녀석이 흡수를 그만할 때가 기회예요. 그때를 역으로 이용해 불순물을 걸러 내세요. 물론 일단 내상부터 다스려야겠지만요."

하는 수 없이 약 한 시간 동안 내상을 다스리기로 하고 재현은 휴식을 취했다.

큰 내상이 아니라서 이 정도지 더 심각했다면 하루는 고사하고 며칠을 앓았어도 이상할 게 없었다.

그렇게 확실히 내상을 다스렸을 때쯤 재현은 다시 가부좌를 틀고 일을 진행할 수 있었다.

어둠의 기운이 어디 있는지 더듬더듬 찾아보는 재현.

방금 전 위치와 동떨어진 곳에서 녀석이 또 숨어 있었다.

이번에는 쉽게 잡히지 않겠다는 듯 움직이고 있었다.

'어딜 도망가려고.'

녀석이 다른 곳으로 달아나기도 전에 재현이 녀석을 구석으로 몰아 버렸다. 그리고 다시 정령력을 바늘처럼 뾰족하게 만들어 녀석에게 다가갔다.

구석에 몰린 녀석은 재현의 기운을 흡수하기 시작했다.

이번에는 당황하지 않고 현주의 말대로 순순히 녀석에게 정령력을 헌납했다.

흡수하는 정령력의 양은 좀 됐지만, 참을 만했다.

그렇게 한참을 흡수하자 녀석의 부피가 점점 늘어났다.

어느새 물의 기운만큼 흡수한 녀석이 더는 못하겠다는 듯 흡수를 그만두었다. 생각보다 많은 양의 정령력을 흡수해 재현도 조금 당혹해했다.

그러나 재현은 오히려 녀석을 도발하듯 더 흡수해 보라

는 듯 더욱 들이밀었다.

녀석이 거부 반응을 보였다. 더는 배불러서 못 먹겠다고 말하는 어린애 같다.

재현이 들이밀면 들이밀수록 녀석의 반응이 더욱 거칠어지고, 거부 반응을 낸다. 하나 재현의 기세는 녀석보다 조금 더 강했다.

그저 알맹이만 큰 녀석일 뿐이다.

녀석이 흡수한 정령력은 아직 자기 힘으로 만들지 못하고 있는 상황. 그렇다고 도망치지도 못하고 있었다.

하는 수 없이 저항하는 것뿐인데 힘은 확실히 강력해졌다. 그러나 재현은 녀석에게 전혀 밀리지 않았다.

재현은 녀석의 몸에 침을 박았다.

녀석이 더욱 맹렬히 저항하지만, 재현은 녀석이 아직 채 자기 힘으로 만들지 못한 정령력으로 불순물을 거르기 시작했다.

원래 모래 알갱이만 한 크기의 녀석이었으니 불순물을 따로 거르는 것은 상당히 어려운 일이다.

하지만 녀석의 내부에 자리하고 있던 그의 정령력을 찾아내어 불순물을 밖으로 밀어내고 있었다.

비명을 지르는 듯 녀석이 부르르 떨고 있었다. 그 효과는 재현에게도 나타났다.

고통이 엄습하고, 그의 입에서부터 턱까지 피가 흘러내렸다.

'이 자식. 내가 이걸로 그만둘 거 같아?'

생각해 보면 스스로의 몸을 혹사시키는 것이나 다름이 없다. 하지만 이대로 놔두면 녀석은 더욱 커질 것이고, 기회는 더욱 적어질 것이다.

이 틈에 녀석을 잠재워야 한다고 본능이 말해 주고 있다.

재현은 본능에 따라 녀석을 더욱 몰아붙일 뿐이다. 그럴 때마다 그의 입에서는 피가 계속 나왔다.

옆에서 지켜보는 정령들은 안절부절못한 채 재현을 걱정하고 있었다. 운다인은 치료수를 만들어 내며 만일의 사태에 대비했다.

누가 봐도 심각한 상황인데 현주는 팔짱을 낀 상태로 담담히 바라보고 있다. 아니, 실제로 그녀는 속으로 놀라고 있었다.

'불순물 거르는 것을 하고 있다고?'

그는 오늘 이제 막 시작한 경우다. 과정이 어렵고 쉽지 않기 때문에 며칠 걸릴 것이라 예상했는데, 그것이 아니다.

그는 처음 하자마자 걸러 내고 있었다.

이건 말도 안 된다. 쉽게 말했지만 사실 직접해 보면 굉장히 어려운 과정이다.

그녀도 차차 과정을 밟아 가며 해내는데 일 년이 넘게 걸렸다. 그런데 그는 고작 한 달이 좀 넘었을 뿐이다.

정령력 컨트롤은 미리 배워 차치하더라도 말도 안 되는 속도다.

아무리 재능이 있다고 하더라도 그렇지, 처음 도전하자마자 되는 경우가 어디 있단 말인가!

'말도 안 돼. 이건 말도 안 된다고. 내가 생고생한 걸 제자님은 단번에 성공한다고?'

질투와 시기가 그녀의 마음을 장악하기 시작한다.

이를 감지한 다크니아스가 그녀의 소매를 쭉 잡아당겼다. 서로의 눈이 마주쳤다. 다크니아스가 고개를 저었다.

다크니아스를 보고 그제야 자신의 상태를 감지한 그녀는 눈을 감고 자신의 어둠의 기운을 물러나게 만들었다.

"고마워요. 제자님께 보여드린다고 흡수한 어둠의 기운이 남아 있던 모양이네요."

어둠의 기운이란 정말 은밀하기 때문에 잠깐 방심한 사이에 자신도 모르게 어두운 감정에 잠식될 수도 있다.

그렇기 때문에 다크니아스와 실라이론이 그녀가 심상치 않은 반응을 보일 때마다 늦기 전에 징조를 알려 주었다.

'과연 이게 맞는 건지. 나처럼 고생할 게 뻔한데.'

어둠의 기운을 물리는 것은 평생 해야 할 일이다.

자신도 모르는 사이에 어떻게 될지 모르기 때문에 특히 주의가 필요하기도 했다.

괜히 자신이 제자를 갖고 싶다는 생각 때문에 알려 주고 있는 게 아닌가란 생각이 들었다.

"얘들아. 이만 돌아가자."

운다인이 돌아가자고 말한 것은 정령계를 뜻했다.

"그러는 게 좋겠어."

"응…….."

운다인의 말에 다들 동의하는 바였다. 소모하는 정령력이 생각보다 컸다. 그들이 있음으로 소모되는 정령력도 아껴야 할 상황으로 보였다.

다들 수긍하며 현주를 바라보았다.

운다인이 손을 가지런히 모아 고개를 숙였다.

"재현이를 잘 부탁드립니다."

그 모습을 보고 현주가 다들 한 번씩 머리를 쓰다듬어 주며 빙그레 웃었다.

"그래요. 다들 돌아가서 결과를 기다리고 계세요."

현주는 밝게 웃어 주며 손을 흔들어 주자 다들 정령계로 돌아갔다.

현주는 재현에게 무슨 일이 생기지 않도록 옆에서 다크니아스와 실라이론과 함께 끝까지 지켜보기로 했다.

'생각보다 정령력을 많이 소모하는데? 끈질기다, 이 자식……'

재현은 이를 악물며 여전히 어둠의 기운과 대치 중이다. 녀석이 어찌나 끈질긴지 아무리 몰아붙여도 계속 저항했다.

낭떠러지에 간신히 걸쳐 있으면서도 끈질기게 저항하니 재현도 슬슬 힘에 부쳤다.

불순물은 거의 다 빠져나왔다. 이제 조금 큰 덩어리인데, 이것만 빼내면 불순물을 완전히 거르는 것이다.

불순물을 거르는 만큼 녀석도 꽤 지친 상태로 보인다. 필사적으로 저항하는 걸 보니 이것만큼은 빼앗기기 싫은 모양이다. 줄다리기처럼 팽팽하기만 했다.

'하지만 거의 다 됐어!'

녀석의 힘은 지쳐 가고, 재현은 아직 녀석보다 힘이 많이 남아 있다. 지금이 최적의 기회!

재현은 지금 이 순간 모든 정령력을 사용하기로 했다.

젖 먹던 힘까지 모두 짜내어 밀어붙인다. 갑작스럽게 몰아붙여서 녀석이 당황하는 게 보인다.

애써 저항하지만, 재현이 모든 정령력을 소비할 각오로

사용하니 팽팽하던 줄다리기는 한쪽이 일방적으로 압도해 가기 시작했다.

결국 녀석과 팽팽하게 진행된 줄다리기는 재현의 승리. 큰 덩어리의 불순물이 걸러져 나왔다. 녀석은 그제야 잠잠해졌다.

그는 불순물을 완전히 거르는 순간 정령력이 완전히 고갈되어 버렸다.

이제 더 이상 쥐어짜 내려고 해도 짜낼 수 없을 정도로 정령력 탱크가 비어 버렸다.

"해냈……다."

그 말을 남기고 옆으로 쓰러진 재현.

그는 만족스러운 웃음을 띤 채 색색 잠들었다.

현주는 머리를 긁적이며 실라이론을 바라보았다.

"이거 곤란하네요. 마땅히 재울 곳도 없는데."

재현의 집이 자신의 집에서 가깝다고 하지만 아파트의 동 호수를 모른다. 그의 지인이나 가족에게 연락해야 하는데 딱히 아는 번호도 없다.

"그래도 데려다주는 게 예의겠죠?"

현주는 기절한 재현에게 잠깐 실례하겠다고 한 뒤 주머니를 뒤적여서 휴대폰을 꺼냈다.

다행히 그의 휴대폰은 잠금 패턴이 따로 있거나 하지 않았다. 잠금 패턴이 되어 있었다면 곤란했을 것이다.

통화 목록에는 '우리 여보♥'라는 사람이 찍혀 있었다. 안 봐도 누군지 뻔하다. 대판 싸웠다던 여자 친구일 것이다.

'오해하지 않았으면 좋겠는데. 지금은 별수 없지 뭐.'

차라리 낯선 곳에서 재우는 것보다야 낫겠다고 생각하며 그녀는 전화를 걸었다.

콧잔등에 차가움이 느껴져 하늘을 바라보니 짙게 구름이 내려앉은 하늘에서 어느새 눈을 뿌리고 있었다.

"제자님. 하늘이 축하한다고 눈을 뿌려 주나 보네요. 그러고 보니 저도 아직 말하지 않았군요."

그녀는 후후 웃으며 그의 머리를 쓰다듬으며 나지막하게 말했다.

"제자님, 축하드려요."

<다음 권에 계속>